私は風のようであった

長谷川太 詩集

北方新社

目次

Ⅲ　A街

長谷川　太、詩人の栄誉に

工藤　正廣

不世出の、この世に稀なあらわれのあなたの詩のことばと
感覚の世界が、それもあなたの二十代、三十代の、その若さと苦悩の
歳月に書かれて　いまふたたび　こと新しくこの世にもたらされる
あなたの息の淳さんの愛と追憶に満ちた編纂によって甦る
あなたのめざしたのは不死の風だったのだから

わたしにとってあなたはいわば少年時に耳にした明るい伝説だった
太さんは詩人ですよと　そのころわたしはその意味さえ分からなかった
あなたはわたしより十五歳上の会ったこともない従兄だった
そして歳月が流れて、わたしは遠い土地に来ていて　あなたの訃報に接した
あなたは若すぎた　いや　しかし詩人の運命にみちびかれた

ふと思い出すが、あなたの家系は　たしか佐藤雨山さんの浩瀚の黒石地方誌によれば、
十七世紀、慶長元和の頃　奥津軽野の古田地帯に殷賑をきわめた豪家の流れ、数百年をけみして、

行く行く時代の近代化の波にのまれつつ　旧家としてやがて没落するだろう、
おそらくは日露戦争の時期を境にして

その旧家ゆえに　その末裔の血と心ゆえに詩人が生まれるのだと言うのではない
あなたははるかに純粋だったからだ
そして戦中戦後の青春とそののちを生きること　あなたはまるでこの世の現実性の
醜悪のさなかを　純真の魂をもってさ迷い歩き　それらを凝視し、
そして真に美しきものの心を守護しようと悪戦苦闘した

いまわたしは頽齢に至りついて　ふたたび新しいあなたのあらわれに驚かされる
あなたは同じ家系の　一戸謙三さんの詩の後継者というべき存在だった　一戸謙三さんが問い
詰めなかったこの世の現実性の暗部を悲しみ　わが内なる憂愁とでもいうように描いた
その才ある暗喩と方法はいまでもなお新しく
一戸謙三さんから継承した純粋抒情の旋律と音色は不滅だ
いまわたしは一晩中この新しき編纂の詩集を読みふけりながら　至らないながらもささやかな
結論を得たように思った

それこそ　この詩集の劈頭に飾られた絶唱「私は風のようであった」に
あなたの思想の一切があったのだというふうに　あなたはすでに生のまっただ中にあって
すでに墓碑銘を書き遺しすべてにおいて覚悟をして生き　そしてあの末裔の無意識によって死
をも超える　超越性のヴィジョンを見ていたのにちがいなかった　それをいま　わたしは読み
返しながら何と名付けようか――

時代によって　おそらくは、あなたの詩には　リルケが　そして立原道造その他が
その精神が流れ込んでいたのに違いないのだと
われわれはいずれみなそれぞれの墓碑銘に他ならないではないか
ただ風化して失われてしまう墓碑銘ではなくあの風が囁いていった墓碑銘だとでもいうように
それがあなたの春の風であり　どこにでも遍在する風

あなたはその風に成る生をなしとげた　その過程こそがこの新しき詩集の版の栄誉なのだと
わたしは昨夜読みふけりながら　夜明けの眠りの中で　あなたにも会いえたように思う
冥界とはついに残されたあなたの歌の声　あなたのことばに他ならなかった。

私は風のようであった

すべてのひとに
私は風のようでありたい
たとえば　あおい初秋の—

そのとき　私はかたるだろう
すべてのかなしめるひとに
百合の眸にかげるような清楚な言葉で
私は　ささやくだろう
しずかに別離にたえていった落葉の物語を
はかなく童話のようにきえていった　あおいランプの物語を

私は風のようでありたい
そのなかを　すべての変貌が　ふしぎな指先をまさぐる――

それをつつんで
たぐいない非在さをいきる
私は初秋の風のようでありたい

ＩＳに

Sへ（I）

重たげな夢を支えていた
けだるげに　熟れ切った果実を
果樹園よ

裸身のお前を
今日　風が震えて過ぎ
白い空を　祈るように　お前
うらがれた　あくがれの残滓を揺するあたり

疲れた馬の背にもたれて
あおい吐息をしている
私たち　一日の遠景
告げられる黄昏

—別離の時

Sよ
汽笛がなる
ながいそのトレモロがうるむ

貴女へ
やがて凝固した微笑の
はてしなく拡大する距離の
それは　余りに脆い仕掛《からくり》の底で

私は切断する
貴女を　遠のいて　なお蠢動する時間
浮き上る涙腺の　脆弱《ひよわ》な一点を

ああ　仄紅らむ迸りの先端

今を灯ともる　再会のシグナル
―貴女が
―秋の誓いが
ぬれて……

Sへ（Ⅱ）

そのあとに
喘ぎながら
覚めやらぬ
お前の薔薇

喪服のような
お前の花葩《はなびら》を
薄倖のたそがれが陰る
それから

〈もう　お別れ……〉

お前の吐息が

私のうちを
霧のようにひろがって

ああ　私は何を云おう
私たちのはかない逢瀬について
私たちのはかないいのちについて

薔薇よ
ひっそりとくちづけして
今日も　たそがれは
尽きせぬ惜別にむせぶばかり

蝶の歌

もう　どんなにあがいてみても……
とぼくはおもう

あたりは　しいんとしている
（あるいは　ぼくが聾になったのかもしれない）
墓地のように
ぼくのまわり　すべてがさびしい

そこに
あなたは
うつくしいくもの巣をひろげていた
涙のように　朝露がひかっていた

もう　どんなにあがいてみても……
とぼくはおもう

とおのいてゆくすべて
秋のひざしのような　かずかずの時間
やがて　つげねばならぬ　わかれ

ぼくは　うつむいてみる
ゆれているぼくのかげを　みる

それから
しろい吐息を　する

初秋に

その部屋は　四畳で　朝顔が窓いっぱいをおおっているので、光も空気も　緑色であった。
今日　風は　そこでかわいた音をたて、このちいさな部屋は　ふるえている一枚の枯葉のようであった。
私たちはじっと耳をすましていた。いちまい　いちまいの葉のえがく　窓のささやかな影をかぞえながら　私たちはなにもいえなかった。（そこでは　言葉は　あまりにもまずしかった）
なにげなく　しかもすべての隙間をとおって　さらさらと　なにかがながれていった。

Sへ

或る日　あなたの瞳の中に　微笑している私を発見した。あなたの内部の隠喩のように　匂やかに開いて　それは中心を動かなかった。

あなたのかなしみのように
一面の沼のように
熱帯樹の　その奥の夢のように

その中に　私はみた
私達の季節のための
私達の愛のための

秘密の鍵のように
祈りの姿をした　花のように

咲いている炎《ひ》を

北向きの室—そのまま　日暮れは残していった。あなたを　その中の私を　私の微笑を　私達の新し
い紋章のように

山里にて

ひぐらしを聞いていた
谷間の暗い窓辺で
音もなく　誰かが身を起した

悔恨のように
この室にためらっている　ぼくの時間
―さびしい昼

遠い幼年のように
いま　誰かが話しかける
とりのこされた風鈴にむれて

ぼくの中を

透明な季節の流れを
誰かが去って行く

ぼくは　知っている
すでに　ぼくはとらえている
さわやかに立ち上る　新しい風の掌を

(立ち上がって　ランプをともす
花のように　女の微笑が
匂ってくる)

谷間にて

―日景にて―

ぼくら　歌おう
ぼくら　降りて行こう

幽《ひそ》かに眉を開き始める昼の谷間
そこに捧げられたぼくらの空

無限につらなり　しかも
ぼくらの心臓の形に切断された視界

ひぐらしは海のような単調をかなで
杉木立の白い腹は　その静けさのまま
皆　まっすぐに孤独である

そこに支えられる
いのちと　祈りと

ぼくら　歌おう
揺れているかげの　ひとつ　ひとつ
ぼくらの黒いマント
疲労と敗北をもやしながら

ぼくら　耐えて行こう
裸木のように
風にする
この静かな旅の変貌を

美しい風景のふたつとなって

虚空に立つ　清潔の型《かたち》

からみあえもしない
ひとつになるべくもない
静謐の　裸の
ふたつ

風によって　目覚める
ささやかな対話はあっても
向き合ったふたりの時間を
緑色の太陽が昇っても

それら　夢のあとは

また　冬である
かっきりと　ひとりひとりの
冬である

光に充ちた　天の
凍った　星々の遠さへ
阿呆のようにかざした掌を
白くきしって

いろいろの風が去《ゆ》き
いろいろの風が来る

ああ　その単調の繰り返しを
また　夜があって
それぞれ　さびしい肉身へ帰って
夜明けへ　懸命の準備をする

この地帯を　ぼくらよ
いま　凍ってはならない
死んでは　ならない

あまりに孤独な　しかし
美しい風景の　ふたつとなって

サヨウナラ

オ母サン
夢ヲミテイタノデシタ
アナタノ膝ニスガッテ

S―サマ
トテモカナシイノデシタ
アナタノ乳房ヲサグッテ

オ母サマ
トテモツライノデス
ミンナ　アンマリウツクシイノデス
ミナサン　オユルシクダサイ

オモイノデス　オモイノデス
サヨウナラ　サヨウナラ

夕ぐれに

夕ぐれが木陰に佇む。
私は　玉石を拾っている。

ポケットに入れると　汽車を見にいった　ひとりぼっちの　昔の音がした。

病んでいるひとの膝にのせてみた。
たわむれに　背中へ入れてやって笑った。

菜の花畑を行く山では　今年もかっこうが鳴き始めたという。ふるさとよ。―もっと平凡になれたら
……と　遠い日の願いを　あの雲が流れているだろう。

ひそやかの　たわむれの後を
夜更けて　ひとよ。
病んでいるのは誰であったか。

すぎていって

Ⅰ

二人の間を
はじらいのように
ひとつ　ひとつ　開いていった花々
薄紫に匂っていたお前の名を
尋ねようとしないままに
ああ　夜が落ちる
花と　そこにふせた　私たちの上に

Ⅱ

見つめてきたのだが
尋ねてきたのだが
そこに何があったというのだろう

そこに誰が待っていたというのだろう

私は河のようにさびしい
私は街燈のように疲れている
黒いマント……
私自身の夜を背負って

Ⅲ

夜明け——
二人の間を　幾たびか
落葉は沈み　大地に消え
ひっそりと身を寄せながら
裸木は　互いの孤独に震えていた

歌おうよ

歌おうよ　いつかの《バイカル湖ノ歌》を
あれら　うつくしい午前を忘れず
遙かな　空の深みへ

遅れた渡り鳥のように　羽根を寄せて
稚《わか》い夢を　ぼくら　生きようよ

古風の　貧しさの　せめて　清潔の枯木となって——

火を焚こう (1)

貝や小蟹を取ることは止めよう
ひびわれた岸壁を探ることは止めよう
去《ゆ》く船の跡を追うことは止めよう

真直に　暗い沖と向き合っていよう
そこから来る　重々しいうねりと
足元に裂ける　白い叫びと

そして　いま　火を焚こう
北風の充ちた浜辺の
その荒々しい暮れ方を　ぼくら
懸命に　火を焚こう

粉々に打ち上げられた　得体の知れぬもの
それら腐った夢の骨片を集めて
ぼくら　ぼうぼうと　火を焚こう

II

かぜのうた

秋

小鳥が鳥籠の中で震えている
木の葉が小鳥のように飛んで行く

玻璃窓に
　ランプが歌い
　　ランプが裸の果樹園にきらめき
透明に　秋は暮れてしまった

やがて　情緒が蒼い掌《て》をひらくと
その親しいぬくもりの中で
私は　眠ってしまう
ひとつの　小さな木の実のように

夜

誰だろう
小さい鐘を鳴らして
仄白い　夜の川端をゆくのは
今日も　昨日《きのう》も　その前の日も
何かが　囁いて　過ぎてゆく

黄色いランプの下を
紫煙の不思議な地図の中を……
やがて　ひっそりと消えてゆく

それは何だろう
ホトホトと窓に鳴る風を聞きながら
星のように　蒼ざめてゆくのは

〈いつか額に這う　三本の皺
　　皺に深まる　暗い年月〉

ああ　もうずっと上流で沈んでしまった
夢よ
流れる　透明な
余りに透明な　私の時間よ

貝殻の歌

風が運んできた　港の雑踏は　もう遠い夢でした。病んでいる貝殻。腐りかけた臓腑が　はてしなくしぶきに濡れ、ずるずると　ああ　孤独のように拡がり、不気味な海底に溶けて行きます。

さようなら
私の蝕まれた貝殻
古い仮面の欠片《かけら》よ

崩壊するものの悲哀が　ぎらぎら拡がって行きます。ああ　己れの悲歌にとらわれた　幻影の　蒼ざめた血が—。

やがて　金色の滴る黄昏
紫の海原となって
その安らかな一点となって

私は　遠い星影を写すのです。失われて行くものの悲哀と　蘇るもののかすかな息吹をたたえて　蒼い波濤《うねり》に暮れる　朝夕の静かな祈りを　夢見るのです。

蝶に

白っぽい足掻きを　掌にのこして
蝶は　ひっそりと　その非力を諦念していた
疲れて　花びらのように

お前は歌ってきた
なつかしい人々の間を
そのさびしい掌の間を
お前は流れてきた
遠い記憶の源から

それら　ひしめいて過ぎ去った暗色の流れのはて
杉の葉ずれは　空しい明るさに静謐し
私の内に

時計は
水底のような黄昏を指して止っている―今

ああ　なんたる哀傷か
傷だらけの翅を
終焉の呼吸が震えて
私の蒼ざめた思念にかかる
蝶よ　お前のボロボロの足掻きよ

ぽっかりとひらいた　墓穴の
不思議な寂寥のうちに散って

蝶よ
すでに　お前は
一枚の落葉でもあろうか

裸木の歌

全く何を待っているというのだろう
見知らぬ女の　碧い眸のように
まばらな星々の視線が
皆　ここをじいっと見据えている

そこに立って
ぽかあんと
全く何を待っているというのだろう
私と　裸木と──

整列した星々の視線をひとつに集めて
そこに　かじかんだ耳が　貝殻のように取り残される
記憶が　遠い海鳴りのように身じろぎする

途方に暮れた姿勢が　天を見て　そのまま凍って行く

それから　裸木よ
黒い喪心の腕に
無数の　銀の　青の…星々をかざって
お前は立ち上る

かっきりと
はてしない距離の前に
ただ　待つことのために

橋

全く　われを忘れて　橋は茫然とかかっていた
斜陽が　汚れた胴体を　花のように咲いていた
疲れて　そこをやってきた人の足どりは　一様に　ひっそりと橋の内部に消えていった
夕暮れの空へ　ぼくらを支えて　いつまでも橋は続いた
ぼくの中で　ほっかりと　橋は夢を病んでいた

おとずれたひとは　―Ｓに―

Ⅰ

秋のように　おとずれたひとは
いつも　ひっそりして　夜を見るのでした
恋のことを話しました　そらごとのように
耐えているのでした　ひとりを

Ⅱ

訪《おとず》れたひとの中を　今日　風は北をさして急ぎます
おとずれもなく　おとずれも待たず
山深い湖のように　孤独の微笑を咲かせて
きびしい風の中を　やがて彼は去って行きます
ぼくの中を　ひめやかな歌となって
こよなく美しい　郷愁《うれい》となって

秋

突然　大きな葉が落ちた
ぼくの頭上に　桐は　寒く　無用に高かった
重たげの葉は　さびしく　腐っていた
屋敷町　みな　シインとして

〈いま　ここで　何があったか　失われたのは何か〉

きびしい風の中で　冷え込む土に伏して
震えもせず　桐の葉は　うれを土に埋めた
愛のように　夜がきていた

秋

その道の　無用の曲折を去《い》った人々は　みなぐうんと深い空に向かって　光のように消えていった
（ここでは　私の感情も　さして　重要ではなかった）
この秋の　抜きさしならぬ位置で　静かに真昼を呼吸《いき》づいている私は　ひとりの　貧しい語彙であった

スケッチ

たわむれる蜻蛉の羽根に　秋の日がチリチリとまぶしい
鵞鳥は英国流に　高く頸をのばして満足げに空を見ている
かつて栄光であった欅の衣裳は　いま　汚れて悔恨のように重たげである
別れを告げる木の葉たちをみつめて　木立は美しい老人のように静かであった
のどかな朝の光を裂いて　新しい風が　時折きびしく駆けまわったりする

ある夕べに

そんなやさしさに充ちて
夕暮れは　来ていた
貧しい人々のために
それは　すばらしい花束のように

やがて　夜―
塵のように　いろいろの声が舞い上がる

下弦の月である
時折　物倦《ものう》い風が吹いて
月は　ゆらゆら揺れているようだ

こつこつと働いた者の単調の悲哀が

窓に寄りかかる
静かに　その疲れた胸を抱いてやって
ぼくは　夢を忘れた

その柔らかい掌に頬をのせて　いつか
ぼくは眠っていた
獣のように貧しい眠りを

港

ドラがなる
港は一勢《いっせい》にどよめく
鴎が飛び散る
いろいろの別離の声が
唄が架《か》かる
それは　未練のようにきらきらするが
いつか　汚れて波の中で消える
それから　ひとしおはかない時間の
長い水脈の果てにあるのは
もう　煙だけである

ちらばった紙屑にむれていた風は
ふと　思い出したように
航跡を　沖へ向かう

にぎるとほろほろとこぼれる

にぎるとほろほろとこぼれる
歌のようなもの
落葉のようなもの

本であり
ペンであり
シャベルであり
ハンマーであり

無性に明るい天へ　立ち上がるポプラよ
あなたの美しい驕慢の下で
ぼろぼろのノートを　すでに
ページは昨日によって決定される

それら　からからとほぐれてきた日々よ
太陽は騒音と共に背のびし
よろけて　虫のように落ちる
ただれている傷口を刺して　やがて
夜は　メスのように私の中へ沈む

灯よ　繭のような室に垂れる
白い夢のきれぎれを抱いて—
私は　ひとつの蛹でもあろうか

にぎると　ほろほろとこぼれる
その　さびしい形を繰り返して

冬の歌

落葉をうけとめた　その姿勢のまま
待っていた。
果樹園に降りてくる　かろやかな季節を

哀しみではなかった。
きびしさに充ちて
それは　童話のようであった。

大地は　一面雪に煙って
はてしなくみえ　また　その限りともみえ
オロオロと　すでに　日暮れであった。

橋の上で河を見ていた女は　私の後を

やがて私の影となって　黒い恐れとなって
道は　ボタン雪の　重い夜であった。

耐えている　その美しい姿勢を支えて
あれら　真昼の童話よ。
震えていた　それは風であったか。

○

貧しい歌となって　いつか
季節は　その夢は　帰ってきた。

鳩のように訪れてきた夜更けは
また　雪であった。
煙っている　それぞれの灯を抱いて
誰もが親しく　動物のように眠っていた。

その静かな群のうちに

いま　私もいた。
私の明るい夢もいた。

遠い日のためでない
ただ　この季節のうちに咲いて

それは　真昼の夢であった。
あれら　裸の果樹の　ひとつひとつの

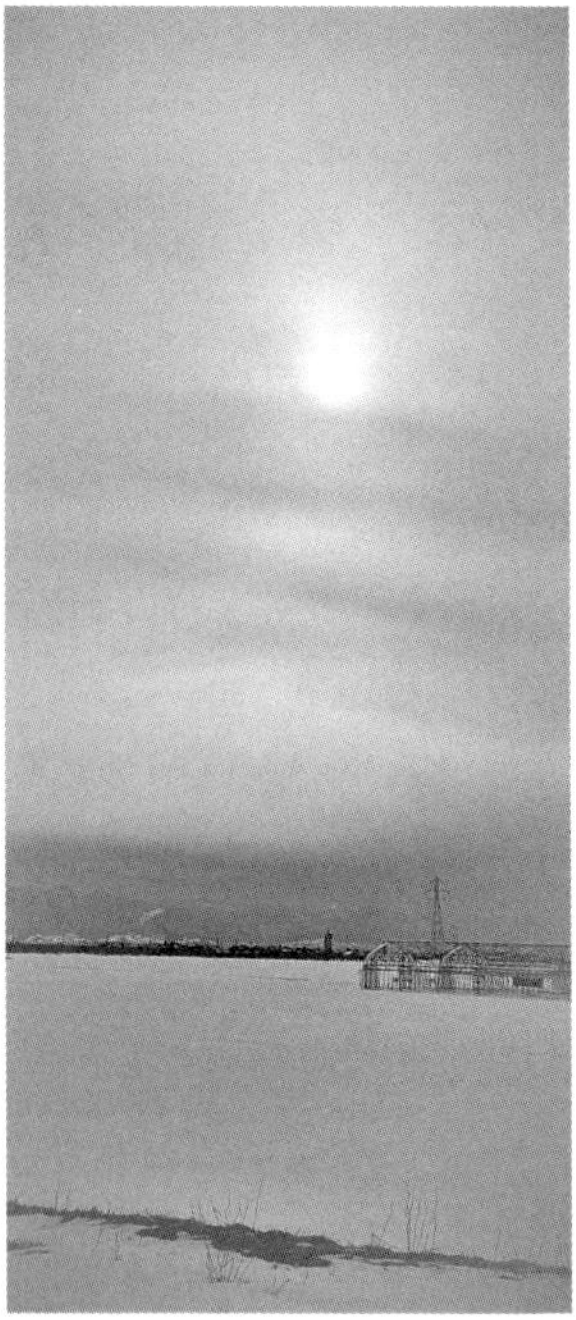

舞踏について

プレリュード……落葉の音がする
震えている　あおい背景が開く。

風ガクル
日ガ唄ウ
彼女ノ舞踏ガ始マル

まだ豊かな肉身に垂れる　重い時間を支えて
風景は　肺を病む女のようだ。

風ガ走ル
日ガ刺ス
彼女ノ舞踏ハ炎《モ》エル

狂オシク　独楽ノヨウニ

ああ　非情の空間と　炎える時間と
湧き上がる出発と別離の支点を

白イ祈リノ形ヲシテ
彼女ハ炎エル
光ノ　ソノ灼ケタ記憶ノヨウニ

それから　ぼくは見る
ぼくの内部に　新しい骨格のように
いま　カッキリと立つ　彼女の美しい姿態を

晩秋

立ち上がる
まだ　夢は重い
皆　茫然としている

突然　落葉《らくよう》がある
美しい魚類のように沈んで行く　トレモロ…

それら　数々の別離に耐えて
木立よ　真新しい塑像のように
きびしい季節に拡げる　お前の
その裸の　清潔の　腕から
指先から

今朝の　高い天が始まる

晩秋の歌

突き出した手を
恥らいもなくさらけだす
梢の　燃える　ギリギリの感情。
捧げられた無数の志向を乱して
重く　耐えがたく　のしかかる夜。
ああ　またしても残される
黒い骨格の飢餓。

両手を挙げて
指を　まっすぐに拡げて。
曇天に　はだけた胸を捧げ
無言の叫びを　さしのべ
そのまま　天に向いたまま　凍ってしまった。

イエズスよ。
内心に凝る
孤高の飢餓。

朗読詩　歌

果てのない石段であった。
風化されて
ひびわれて
一段　一段　細心の注意で
それは困難な　一日　一日であった。
幻暈《めまい》と疲労に耐えて
重く　いらだたしい　一歩　一歩であった。

山麓の　あれら純白の鳩は　帰らず。
うつくしい午前よ。
冗長な哀歌に似て
やさしい偽りを企てる傾斜よ。

休んではならない。
登らねばならない。
一足　一足
ぎりぎりのいのちを焚いて
暗いぼろぼろの杉木立の中を

するどい屈折を試み
幽暗の胸をひろげる
その限りとも見え
その限りとも見えぬものへ

ひたすらに
天へ

風の歌

――立原のモチーフにより

Ⅰ

その緑は　日ましにふくらんで
私のうちに　深い痛みとなった
きらめくいのちが　その歓びが
耐えがたい　くるしみとなった

めぐってくる年ごとの営み
匂やかの花びらと　若葉と
私の痛みのうちに　五月は
咲いていった

Ⅱ

はげしい光の交錯の中で
木立はけだるげに　緑の成熟を垂れ
亜麻色の夜ごと　私は静かな溜息をして
過ぎていった

私は疲れていた
うなだれる木立たち
炎《も》えちぢれる木の葉たち
それら　豊饒の昼を抱いて

Ⅲ

斜陽のうつくしい夕暮れが続いた
流れる時間が　私のうちに
水脈のように光って
それから私は見る

顫えている木立たちの肩から　胸から
魚類のように　沈んでいった
木の葉たち―なつかしい私の痛みの記録
消えて行く　結実の誇り

Ⅳ

それら別離のつのるままに
私は日ましに空しくなっていった
思い出は　清冽の木魂となって
帰ってはきたが

残された木立たち
いま　凍った裸身となって
身悶えの記憶となって
私のうちに　深く　立ち上るのだ

私のいのちの
限りない傷口のように
白い怒りの
予感に震えて

歌

―主よ……ぼくらはあなたの果樹園に植えられ年ごとに花をつけ
熟れ切った『死』を実らす梨の木です―
リルケ

蕾のように
自らを固くとざして
ひらこうとしない

あなたの中の
ぼくの中の
『ぼくでないもの
あなたでないもの』

嬰児の掌の形をした
それが愛であろうか

それら　いじけた所有の形が
たえがたいものへ
生はひらいた掌ではなかったか
『傷口の形をしても
　花はひらかねばならない』

風の中で
ふるえている
その痛ましい時間をささえている

ひとすくいのいのちの
その深い眸の中の
『あなたが　あなたであることの
　ぼくが　ぼくであることの』

成熟が約束する
痛みとともにくる　それら　明日をこそ
ぼくら　準備しなければならない

唄

I

腐って　その屋根は
凪の夜ごと　黒い塵を落した。
黒ずんだ板壁の隙間から
風が　凍って　突き刺してきた。

その屋根の下で　幾たびか
抵抗《たたかい》の唄をうたって　ぼくよ。
しかし　結局　何ものでもなかった。

貧しさは　それだけで確実な敗北であった。
機関車のように　巨大な重量であった。
その下に敷かれて　男は

濁った血を　つぶれた胸郭から吐いた。
（その薔薇をもてあそんで
　ハイヒールの女は　もうどこにも居なかった）

結局　何ものでもなかった。
貧しさは　それゆえに愚劣であり
いぢけた花が咲き
耐えがたい悪臭がして
何時までも　寒さに震えていた。
（結局　扼殺さるべき以外の　何物でもなかった）

Ⅱ

さびしい人々の微酔《ほろよ》いの足どりが
いま　弱々しい善良さを病んでいる。

それは鴉の独白に似て

不潔であり　不吉であり

いつか善良さが原因の位置を持つ。
いぢけた　小さな病状が

それら　すべて　病葉のように夜を沈む。
腐れた木立のように倒れる。

膿で一杯の屍の上に
鴉は　熱っぽい羽を休める。

鴉と　屍と　ひとつ紋章となって
すでに　明けることない夜へ消える。

（あらゆる歴史の汚点のように
すべて　善良さは　愚劣に外ならん！）

習作　黒い夜景

大きな蛙が死んでいた。
—雨が降っている。
天鵞絨《ビロード》のように光る皮膚。
—暗い。

たるんだ家々の傾斜を切って
口をつぐんでいる窓々の仮睡を踏んで
ねっとりと手応えもなく
これは耐えがたい重量である。

〈濡れる裸木に懸る
黒い陶酔の時間〉

そっと物陰を滑って行く相合傘。
微妙な子音のもつれて
おぼろんでいった物語《ロマンス》

〈行きずりに　ふと漢詩調の遺言を考える
―君イマ幽明ヲ異ニシテ……〉

雨が降る
じっとり　じっとり　雨が降る
汚れた鴉の濡れ羽色
傷口に染みる　ギザギザの闇

習作　A街にて

びしょびしょの雨が降り
黒い風が吹き
湯の街の灯がふるえ

女はどこまでもついてき
暗い海岸で　二人は濡れ
傘もなく　涙に濡れ

海が吼え
風が吼え
女の髪が飛び
二人の言葉がもつれ
すべもなく　別離は近く

唇が触れ
手がいらだち
びしょびしょの肉が触れ
喘いでいる二つの火が燃え
ギイギギイと夜鳥が鳴き
飢えたように鳴き

終列車
—地は鳴り
二人の肉は裂かれ
発駅—ああ女は去《ゆ》き
ほとばしる血は燃え

鉄路に敷かれ
踏み砕かれ

白い飛沫をあげ
海が吼え
風が吼え
ひとりの時間が炎《も》え

ああ
ごうごうと　炎え

K街

I

疲れた昼のはてで
きたなく　自慰をする
わびしい街の恥部を
淫水のように流れる悲歌《マイナー》

そこに群れて　灯よ
しおらしい夜の花よ
お前を飾って
その臭い口を開いている盛り場

チャチな箱店の中の憑れているパチンコ族
ドキュメンタルの不潔な媚態に蝕ばまれる幾千時間

小水のような涙を流す気のいい人々

仮死体の
そこだけが
生きているように
青白く光っている―街

腐っているのだ
かびくさい闇の中で―

Ⅱ

しなだれて海藻のような夜を雨が降っている　その裏道を私は今日も帰って来た　取り残された郷愁のように　濡れて佇んで　少女のように恥じらいをみせて　幾つかの電柱が私を過ぎていった

そこから角ひとつ廻ると　本通りに出た　疲れて人々はそこを流れて行ったが　まるで何をして来たというのだろう　何がここで暮れたというのだろう

この夜は動かず　人々と共に何時までも澱んでいるような……そんな重い流れが私をも汚していった

かなしい夜だった
其処此処に新しい店は出来たが　きららかに商品は飾られていたが　だらりと垂れ下がった口腔のように　その腐って行く粘膜と汚臭の闇でのように　既成品のズボンや極彩色の菓子類が　メッキの金歯のように悲しかった

どこにでも歌はあったが　義眼のように焦点のない電燈にもたれかかって　ここでは　ブルースが遣瀬ない営みを支えていた　溜息の上に夜霧がもやって　何時までも澱んだまま　流れはそこで止まっているようであった

そこからひとつの角を廻って　私は又暗い裏道に帰って行った　忘れられたように佇んで濡れたまま　すでに電柱はどろどろの人々の疲労の上に眠っていた　諦めに似て　果てしない夢想が　そこを流れていた

或る夕暮れの話

ヴァレリーに額をぶっつけて　ごそごそ　懸命に「パルク」の思念をたぐっていた　或る夕暮れの話である。

突然　にいっと　壁が僕の額にせまってきた、その小さなその汚点《しみ》が植物のように盛り上がってきたのだ。しかも　そこから鼠の三角形の鼻先や、蛇の首っ玉がのぞいているのだ。おまけに　焔《ひ》のように　消えたり　突き出したり……と思う内に、今度は　僕の白い鼻っかけの彫像の上にまで　そいつはのさばってくるのだ。まるで水草のように　よれよれの思念に吸いつくのだ。（そこで　僕はすっかり疲れていた）

時々　そいつは　濡れている陰毛や　びくついている鼻のようなものに見え、何か不満げに　靄のようなものを吐いたりする。しかも　それが甘だるく女のようにしたたったりして……

一面が　やがてどろどろに汚れた壁。そいつがそのまま　僕の白い頁に重なってきて　不思議な生物のように僕を被うと、すっかり汚されてしまった僕は　内部に立ち上っている　何か途方もないものが崩れたように　ほっとしてみたり　がっくりしてみたりする。（それから―僕は少し眠ったらしい）

つまらない話である。ヴァレリーにこごみこんで　すばらしい高楼建築家の夢を見ていた僕に立ちはだかって　吹き出物のような　壁の汚点の　夕暮れの話である。

冬の歌

眠られぬ瞼に　何時か拡げられる雪原。
純白の肌の底から　浮彫のように
僕の混乱が表われる。

やがて　虚空に充満する降雪。
白濁した僕の脳髄に乱反射して
それは　祈りでもない
悔恨でもない
ただ　余りに大きな喪失へ
嵐の　黒い旅装をはためかせて……

うつうつと船出した幼い夢の

この日没の果てを
――僕の季節
冬よ

その凍る血をくだいて
ちぎれた花びらのように拡がる
お前の方向を測って

僕は見る
お前のひたむきの流れを
たくましい歓喜をあげて　雪原よ
自らの痛ましい傷痕を吹き消し
吹き消し
新しい僕の歌
白い激情よ

今こそ　しっかりと僕は見つめる
北を指す　お前の
錯乱に近い叫びを

夜の歌

手を振って別れていった。
あれは　さびれた季節だけなのだろうか。
街の夜に　熟睡が指し出す
震いもせぬやさしい旗よ。
お前に訪れる　それは
古風な別離にもたれる甘い吐息だけなのだろうか。

空を見よ。
その黒い空白に記された不思議な図面。
すべての装いを裏切って。
——無言の　無数の錯誤。

むごい傾斜のはて。
匂いもなく　歌もなく
不吉な予感を撒き散らして
霜枯れた叢にひそんでいる　明日《あす》よ。
満天の星よ。月よ。
降りてくる絞首台の死面。
垂れこめる絶望の悪臭よ。

予定された非情の迂路。
そこに寄せ　身構える
僕の不信へ。

人々よ。
盲いられた鈍色《にび》の秩序よ。
いま　愚劣とは何か。
すでに　狂気にまさる価値とは―。

○

突然。
風を裂く　ヘッドライト。
その陰の　黒い気圏。
きりきりと真空の部分を巻き込んで。
不安は　そこで極北のようにきびしい。

メチル製虚妄の一瞬。
闇に　僕よ。
茫然と　ゴールデンバットを落として。

晩秋に

カサコソと小犬のように震えて　街は日暮れの古新聞のようだ。
しんみりと灯がともると　それは大きな船になる。皆　ひとりひとりのハンモックにゆれている夜を
三味線がひっそり歩いてくる。足音が路地の闇に消える。
溜息のように　膨らんでは消えて行く　あれは夜行貨物船の「ボー」であろうか。
まだ　虫は鳴かない。鳴いている犬は　今夜も　ねむらない。

◯

何もかもすっきりと背伸びする　碧色の　風の午前を　何気なく　落葉のようにきた便りは　老いた
詩人《ひと》のさびしい文字でみたされ……。
後姿だけの女のように　だんだん日ざしの遠のいて行く路地で　日なたぼっこの形のまま　猫が死ん
でいる。私は　石のように冷える。
呼んでも　帰らないものが　ある。

海と山と

半日がかりで　山ひとつ越して行かねばならぬ海の鼓動が　夜毎　ぼくを眠らせなかった。
ひとつの太陽は　そこにもあり　数知れぬ星はそこでも　ひとしく歌うだろうに。

○

今、海に住んで　山の咳《しわぶ》きのような風の声が　やはり　ぼくを眠らせなかった。
ここにも山はあったが　なじまぬ人のように　それは険しかった。

○

これら山と云え　海と云え　それは何であろう。いまでもある　その夜毎の企みを思いながら、今夜も　ぼくは眠らない。

落ち葉の歌

何にたとえよう
コトコトと沈んで行く
この時間に充ちみちた暗い液状のものを

落葉は　私であったか
私の訣別は　正しかったか

あの昼はうつくしかったと
風の中で　あれらの会話はたのしかったと
とまれ　季節はきていた

すでに　夜は私の色であったか
私は沈んで行く　深く　深く

夜の中に　ひとりの私自身の中に

突然　かなしみに似た私の行方を乱して
影のように飛んで行く鳥
またしても　ああ　眸に　いたましく　星が

凍って行く季節を
霜に耐え　雪に耐え
そうしたやさしさのうちで
私は　正しかったと思う

滅んで行く　あたたかさの中で
すべてを解かれた
その完全な無意味さのうちで

上町
山田肥料店

Ⅲ　A街

無題

それがそうであると誰が云えよう
それがそうでないと誰が云えよう

不潔の言葉たち
華麗の衣裳を透けて　あなたの中の
むごたらしい　その死臭は　何だ

きれいな人よ
気高い人達よ

ある日　遂にぼくは言葉を失う
風がぼくに教えた
ぼくは樹身のように　呆然とする

失われて行くものがある
ぼくの中で　悔恨のように熱く積もる
雪に埋もれて

＊

息苦しく　煙のようなものの立ちこめる
路地を
戸口まで来て
風は　ぼくの内を廻《めぐ》る

出口のない怒りを迎えて
格言のように冷え込んでいる
壁の
室の
夜更けを

夢に　重く
重く　雪を降らせて
刃物のように
冬は　いま
ぼくの内に
深い

冬の歌

I

つかのまの碧空《そら》であった。

重く垂れこめて　今日
はてしなく降りて来る
白い　きれぎれのもの。

あなたの周りに
私達の周りに　また
帰って来たもの。

街を　家々を
その中の眠り呆ける灯を

煙っている夜を　とざして
立ち上がる　壁
壁。

その前で　ひとよ。
すでに　瞼は
重く閉ざされがちになり

あなたは　又円くつつましい肩を取り戻す。
あなたは　うっとりと昔を語る。

何を尋ねようというのか。
帰らないものを
家畜のようなやさしさで。

ひとよ。
ひそひそと
あなたは帰って行く。

この夜のどろどろの道を
この壁の中の暗さを
巧みな　あまりに巧みな足さばきで

無風地帯。
諦めのような歌のきれぎれに煙り
その底に咲いている　灯。
古い童話の
金文字のようなもの。

Ⅱ

誰かが立っている。
誰かが見ている。

皆が背中を見せる。
襟深く首をうずめて
一様に　さかしい姿勢で

皆が去って行く。
裸の街路樹と
そこに光っている

花のような
それぞれの
孤独の時間を残して

突然。
黒い風が――

私は轢死している。
あざやかな　血の
薔薇を開いて。

蒼ざめて顔をそむけている人々の前を
立ち上って　すでに
私は居ない。

人々の後ろに立って
冬日のように
私は微笑《わら》っている。

或る　午前に

走って来る　いろいろの機械。
エンジンのすばらしい回転速度に支えられて
堕怠《だたい》な午前は　やっと背のびする。

光のように充満する
その快活さは
白けた街路樹の枝々をかすめ

鉄のそれら騒々しい笑いの中で
少年は　さびしく
ふえて行く皺をかぞえる。

〈怒りをこめて猛獣《けもの》のように走って行った

昨夜の友は
どこへ行ったろう。
踏んで行った　雲は――〉

病鬱《びょううつ》の午前は
すでに　傾斜している。
皆　乾いて　石ころのように転げていって
谷間は　死虫で一杯である。

そこで腐って行く
骨と　その物理と。
天に咲く　原子雲の笑いと。

ああ　激しい速度で開いて行く
滑稽な角度を　誤算の累積を　支えて
オロオロと　油汗を流しているひと。

虚大《きょだい》な　お前の背に
〈神よ〉
太陽は　いま
ランプのように　暗い。

夏

さんらんと。
光と影。
こげつく。
　盛り上る、
　雲。

汗。
くずれる。
意匠のかげ。
　体臭にとける、
　意志。

光は、

遂に重量であったか。
日没を指す、
風。
白く。

火を焚こう　(2)

出血だ。

非情に爽快な速度で蒼ざめて行く時間へ、　海が　山脈が　帰って来る。

鴎は飛ばない。仮死状態の汽船《ふね》を抱いて、　港は　墓地のように　寒い。

いま　みずみずしく肉色の灯を取り戻した街──　そこを　よろめいて　お前　鳥のように汚れて行く
のは　誰か。

お前の黄色の頭髪を焚け。ギチギチと鳴る骨を焚け。火だ。黒く凍って来る夜を、お前の義眼に充ち
たあらゆる衣裳をもやせ。

夜明けまで。

星の祈りをもやせ。青い溜息をもやせ。

広がる　巨大な空虚を支えて。
ぼくら　たくましい火柱となろう。

地の下の歌

無惨にからみあっている
白い細っこいもの

暗黒へ　その底へ
われ先に　蛔虫のようにうごめいている
その不気味な神経の先の
どこまでも続いている骨のようなもの
せつない嘆きのようなもの

お前はのびる
この夜の稲妻のように
怒りに震えて

狂っていた鉄と光の下で死んで行った人達の
いたましい血を受けた
土の　底の
その黒い願いを糧に

○

お前達の生きるかぎりを
地上の　きびしさに耐えて
芽が光る
葉が　花が
そして　明日へ発つ種子が……

お前達の怒りを
草ものびる
樹ものびる
天へ　明るい歌の充ちた真昼を

○

いまちぬられた暗黒の中で
白い　細っこいお前達

その触角をさせ
その怒りを刻め
血の叫びのある土を
黒い　まだ黒い願いを糧に

のびよ
はてしない暗さを
たくましく　のびよ
お前達　太陽を指して笑う
地上の　きらめく旗を支え

星もうたわず

星もうたわず
谷間は
風で一杯である。

裸で耐えることしかない
木立達
唯　今日の風に生き

道化て希みもなく
堕ちてくる雪の
死虫のような堆積の下で
さびしい人よ

異國の夢を見る
そのあたたかい室を出よ。
マスクも　暖房もない
ぼくたちのために
風の中で受けよ。

ふるえている木立達の
誰もうたわない雪の谷間の内に流れる
緑色の

この声のない歌を受けよ。
なだれて来る風に耐える
激しい血のリズムを。

A　街（1）
―叙景

臭い口腔の中の　ぼろぼろの齲歯のようなもの。セカセカと前こごみに歩いて行く　みすぼらしい午前。

○

傲然と　雲を切るビルディングの虚ろにこもって　あいつら　さびしい時間をくゆらしている。白っぽい自分の血を喰べている。

○

煙があがる。道は白い傾斜をのぼる。そこに冷えびえと立っている壁の汚れ。裸の枝々の示す敵意のある角度。飢えている胃袋でのように騒々しい時間。

○

それら　痛々しくただれている奇妙な地図をさぐって………街は　こみあげてくる　暗い火をともしている。

A　街　(2)
──報告

ひとつの室に入る。

そこで　ぼくは幾度かせっかちな賛否を問われる。
おろおろして　腕はいつまでもあがらない。
ぼくの内で一杯のどろどろのものが
ぼくの腕を上げない。

○

新しい室に入ろうとして
その道の暗さでぼくは倒れる

小さな石ころを理由に
おなじみの朝のために

A 街 (3)
―S通りにて

此処では　本当によくひびくだろうに。
このがらんどうの壁の中では。

無気味な神経の先で
無惨に切りさかれている夜の
突き出したメスの形をする光の
または　色ガラスをすけて
阿片のような色彩のある谷間の

街角に
挿されている花は
造花でもあろうか。

毒々しい　その無意味さは。

此処を行く人達
凍っている笑いの
蜂のように饒舌の
見事な衣裳に包む
刃物のような骨の

何故　ガタガタ震えないのだろう。
美しい血の色のある傷をさらして
何故　泣くことをしないのだろう。

たるんでいる皮膚の下の
さびしい膿に充満した腹部を裂けて。
何故　音楽は生れないのだろう。

此処では　本当によくひびくだろうに。
このがらんどうの中では。

A 街 (4)
─河口風景

虫の灼ける臭いのする市場《まち》を過ぎると
起重機が銹《さび》ついた骨をさらしている。
〈例えば　息苦しい天を支えている　掌のようなもの〉

それらを　旗のようにかかげて
ガッと開いた河口の
鳥肌立っている粘膜の汚れにおかれて
漁船達─腐って齲歯《むしば》のように乱れている。

年老いた河よ。
いま　お前の吐き出している臭い水は
どうだ。

颪と季節の荒廃にまかせ。
呆然と　口を北に開いて。

〈しかし　お前の方向に立ちふさがる
　その颪が何であろう〉
きたなくただれているお前は
また　黙々と繰り返している。
厖大な潮の満干を計って
執拗な掌を拡げる。

沖に　ああ
その狂っている波濤《なみ》の底に
羊歯のような強靱の根を拡げている。

うに

黒い電光状のものが　処刑台での約束のように　ぎざぎざにつらぬいている。
その吊されている　とげとげしい闇黒《あんこく》の中で　まだ生きている　きたない息を吐いている　そいつは
誰だ。

耳は閉ざされ
口は閉ざされ
いつか　おびえて忘れてきた眼玉は義眼であった。
ああ　いま　すべての計画を挫折して
ぼうぼうと腐って行く海辺を
無数の痛みを指に開いている。不気味な暗黒の甲冑をかぶって　火の色の肉をもやしている。その指
でなければ信じようとしない　星のように傲慢なそいつは　誰だ。

雨

むんむんと湿ってくる黒い天は　開きすぎて花のように重い。

追いかけてきた絃楽器の白い掌《て》が　走っているバスの中で　しっとりとあなたの顔に重なる。

速度を失った人々の中の　今朝がたから充満している黄昏。眸を失った骨っぽい夢は　もう腐るほかにない。あなたのかあいい欠呻《あくび》となって。

知っていますか。あなた。

この車の方向と構造について。そして　何よりも　やさしく車券をにぎっている　その手のしているみじめな信仰について。

窓の外の　ほら　雨です。

きれいな雨です。

いち日中の雨です。

洋傘《かさ》をもっていますね。

それをかざして　歩いてはいかがです。濡れている輔道を　鹿のようにしなやかに。

あなたの手でかざした優美な陰の中を。あなたのやわらかい胸の起伏をさらして。敏捷なひとつの掌となって。あなた。さわやかなアルペジオをかなでてはいかがです。

雨は　用意された竪琴なのですから。

いちにちの歌　―あるいは小奏鳴曲《ソナチネ》

暗澹として息をのむ
黒い潮流の底を

花のように笑っている
無数の死がきずいた
それは虚無の骨です。
立ち上る未熟な夜を
あわれの歌をうたう藻草です。

〈私の中で下水道のように暗いもの〉

そこでは　今日も
おびただしい産卵があり

ふやけて　白々しい誕生があり
言葉のない憎悪を取り交して
魚は　やがて鋭い爪となります。
お互いのさびしい血を流しながら

○

それら　息苦しい夜をはだけて
あざやかに背伸びする
肉体は　きららかの朝です。

怒っている　巨大なファルスのような
煙突の　その尖端からひろがる
虚空《そら》を　きしって

たえだえのコロラツウラ
堕らて来た星の残した

乾いている声のない声——

卵は割れ
せつなく花はさけ

無数の破片のひかる真昼は
眩暈に懸る虹です。

〇

たそがれを　やがて
帰って来た　鴎よ。

風となって
はげしい匂いとなって
お前の海は歩いて来るのです。

そのさびしい魂が
暗い潮流が
飢えている　鴎よ
今　ぼうぼうと街にあふれるのです。

お前を　私を
とりまいて
生きることのはげしい飢えを告げて

ああ　それから　私は堕ちて行きます。
またしても　夜の中に
その不気味な粘液状の深さを。

短詩集

いちにち

なかぞらにどんよりと吐息がながれ
机の紫の小花もしぼんでしまった

ぼろぼろの時間をぬって
思想はさびしくくされ
あかちゃけて針のようにあゆみつかれ

だまって
いううつの雲をみている

谷間で

星のうつくしい谷間の温泉宿《やど》で
そよかぜがくると
ぼくたちはちいさなランプをつけた

なんのかんがえもない
なんのゆめもない

ただなげすてられたみみずの
けだるいさびしさでいっぱいだ

黄昏

家も　木立も
みなひっそりとしずんでいって
そのうえにひろがる
さびしい海

ほのゆれて
たちあがる
水草のようなもの

秋

とおい空
ながれる雲
きんいろの野辺を
キラキラちっていくもの
あこがれ

貝殻

月夜の渚で　虹色の花びらをひろった
波の音の遠い　黄色いランプのしたで
それは　やぶれた貝殻であった

風

うたっている
うたっている
ダレモイナイ

妹よ

おまえたちよ
だれがわるいというのだ

だれもいえやしない
だれもいえやしない

秋

光がサイテイル
マコト　無用ノ

その夜から

その夜からずいぶん位置をかえて
ジュピターをかこむ
無数の星座《ほし》のひしめき

さむい便りをかいた
とおく凍った神話のように
いつもだまっている　あなた

野の夢

あなた—
腕をさしのべて
花だった
野の花だった

秋

ぜつぼうてきな明度で
ぼくのうえに　重い

日没がじゅくす

風景

灼ケテイル夕ヲ
キラララカナ午《ひる》ヲ
シズカニワラッテ
イヨイヨマズシク
イヨイヨ　ウツクシク

城下町

古い　陶器のおもての
しめやかな抒情
さびしい風の骨董

手

両手をあげて
空に呼びかける

ああ　その所作をたすける
何事もなくて
暮れて行く秋

透明な風景をさぐって
鉛のごとく重い
肉身の
奥の
手

月夜

美しい老人でした
あおい眸をして
ずいぶん古い話をしました
枯葉でした
風が少しでていたのでした

枯葉

なおすがりついて
オロオロ寒い光にさらされ
おどけているのでした
あんまり身なりがまずしいので

冬の夜

だれもがきている
その白い褥《しとね》を

ああ　だれか
ぼくへもおくれ

灯と唄と物語にみちた
そのやさしさを

柿の実

柿の実が落ちた
失われたと……
しかし　誰がいおう

柿は自らにかえる
その裸身のうちに

冬がくる
そして春が
また痛ましい花が

柿の実は　また
落ちねばならぬ

雪

掌の中で
しずかに
雪は涙をながした
別れがきていた

皿

白磁の　丁度その皿しかなかった
果物をあげ　洋菓子をあげ
得たかぎりのものをあげ

結局　どうにもならぬ
皿の　白磁を

すでに　キンラリと
夕暮れであった

いのち

ゆくことの
ちることの
そのかなしみのうちにすぎていって

かぜであろうか
ひととき
さざなみがつげるばかり

星

さみしい星のありかをさがす
はるかに延長線をのべて
まずしい起点よ

この単純な幾何学をてらして
暗いのは
古風のランプの故《せい》であろうか

休日

花のない花瓶
夏休みの教室

ピアノをひくのはだれだろう
蝶が紙屑のように落ちている

月夜

あれは日まわりだろうか
うなだれているのは

月がくる

子守唄

枯葉が散る
丁度そこから
そんなにやさしい唄がはじまるのだから

灯が消える
丁度そこから
そんなにうつくしい時がくるのだから

川が死ぬ
丁度そこから
そんなにはるかな夢がひらくのだから

いのち

お前をみつめている
そこにもう夢をみることもない
すぎてゆく
私たちのはかなさのうちに
今朝もある
お前の無造作ないのちの静けさ

街灯について

飢えている胃袋でのように
さわがしい時間

その痛々しくただれている
奇妙な地図をさぐって
さては　角ごとに立ち呆けて

こみあげてくる
暗い火をともしている

幼年

かじかんだ指を
ふと　月が刺した

じいんと痛みが染みた
ぽっくりと夢が落ちた

それから何もできなかった
ひどい空腹であった

つらい夜がつづいた
さもしい夢に憑かれていた

柿の木

柿の木よ
風に耐え　雪に耐え
ささやかな自らの型を忘れず

冬の日
亀裂する肉身を支え
地にひそむごと

柿の木よ
巧みの腕のさばきの
かがめる　その静けさを伸べ

Ⅳ　新しい春のために

夜明けについて

ベルがなる
巨大な火がくる
――小鳥は死んでしまった

黒い時間の　加速度に拡がる裂け目を
一杯に　光がくる。
――気取って整列する
街路樹と
街並と

哄笑する窓　窓……
そこにきて化粧する女
――おりてきて

またしても無惨な傷口をひろげる
あなたたち　メスのような異国語である

せめて　今朝《けさ》は
果汁のように匂う
この血のしたたりをささげよう
あなたの　華麗な一日の　マニキュアとして
――立ち上がると
すでに影をつれて
私は　今日も欠席する
ひとりの　暗い内部を抱いて

秋

みじめな夕ぐれを
わめきながら死んで行った雲は
不意に　なだれこんできて
私を　一杯にする

くされて行く　こぎれいな衣裳―
うすれて行く　日ざしの陰で
かじかんでいる　まだ佇んでいる
叙情的な形をした　葩のようなもの

おお　このもえている落日のひととき
お前の中で一杯の　その秋をはじけよ
お前のきびしい解体を　とげよ
むしろ　くされて行くことの意味を

夜について

そろそろ　お前の時間だった。
影よ。

歯であろうか。
涙であろうか。
お前の内部をこみあげてくる
それら　白い滴りをうけて
顔一杯にひろがる声のない笑いをみている。
湿っぽい植物質の臓物《ふくろ》と
乾いている骨と
それは墓場でもあろうか。

むっとする静寂の底に垂れる
管状の　無数の陥穽の網の目模様のめぐり
いらだたしく腐っていく。
遂げられていく。
死。

ひろがっていくあおみどろの
内部の暗黒に　むきだしてくる沼は
内障眼《そこひ》である。

そこでこわれたギタルを弾いているのは誰だ。
隠花植物のように
そのトレモロにもたれて唄っているのは
いろいろの色の義眼を光らせている

どぶどろの臭いを焚いて
わめきたてている
泥酔の　そのきたない悲哀を生きている
夜の街よ。

蛇のように飢えている　私は
お前の陰部だ。

○

頬をけずっていった
狡猾な風の中を
帰ってきて

半身を
質問の形のまま
黙って時計をきいている。

それから　影よ。
私は　また吟味を始める。
お前の稀薄な生について
お前のいやしげな姿勢について

そして　私は　愛している。
逆手に　グッと突き刺し　ひねったメスの
ぶざまな傷口から流れる唾液のようなもの
そこから出る　骨だらけの掌《て》を

甕の唄

おゆるしくださいまし
とりのけてくださった　おもたい蓋のかわりに　あなたはかがやかしい光にみちた空をのこしてくださいました
それなのに　わたしの内部の深みは　またしても　こんなにしめっている陰りでみたされ　真昼の響音を歪曲して　あいかわらず　茫々と夜の底になり……
おゆるしくださいまし
おゆるしくださいまし
わたしのしたしい形や陰をのぞいては　いま　わたしのまずしい存在さえ　ゆるされないのですから

新しい春のための歌

岸壁に立ち並ぶ倉庫の　鉄筋コンクリートのがらんどうの中に立っているお前の内部で　魂は　ひとりの鈍重な錘だ。
ギシギシときしる大小無数の骨に閉じ込められ　二つの洞穴のある冑をかぶってそれは　毀れている瓶だ。
瓶の　その薄闇の中の　目覚めている耳だ。

冬ごしに　古い傷口は裂かれ　菌類は蔓延し　お前はくされている果実だ。
内部に　目覚めてくる種子をふくんでいる。
堅牢な殻を破ってくるものの　不安と恐怖を。

おお　泥靴をはいてやってくる　新しい影のうしろで　美しく焚かれている季節のために　ひととき壮麗な眸をひらく海。黒々と盛り上がってくる大地。

今こそ　たたきつけよ。
お前のいのちを果たせよ。
ひとつの　貴重な酵母として

生々しい死臭のする　ここで
ふつふつとたぎる
新しい春のために。

旗がおりてくる……

旗が降りてくる　私の中に
そめわけた色は　陰一色になる。
見上げると　帰ってくる夜は
大きな掌のようだ。

その巨大な深みに巣喰って
星は古い傷口のようだ。
凍って幕のように降りてくる風に真向かって
裸の震えているマストは　また　鋭い爪のようだ。

そして　冷えていく地球は
捨てられた化粧品の空瓶のようだ。
冴えきった内心の空虚を抱いて
膨大な猜疑の眸を　白く光っている。

風　景　―蔦沼―

背のびしている　大骨小骨の奥ふかく
光っている沼。
足音はそこで消える。

垂れ下っている夥しい血管のようなもの。
腐敗が咲かせる眸のない花。

倒れている巨木の過去を
毅然と天に立つ　空間。

揺れている光の波紋《なみ》に断ち切られて
私は視界を失う。

立ちのぼる怪しい水気に憑かれて
私は一本の羊歯であろうか。
おののいている掌の形にひらいて

哀歌（I）

海が近いからといって　私達はよくそこへ遊びにいった。
ゆたかな歌をくりかえして　海は　無心でいる私達のうちにいた。高まってくるさわやかな動悸のように。

海が近いからといって　今も私はよくそこにでかける。
風や船や水平線や　それら　あまりに遙かに遠のいていって　何か飛び立っていったものの　かすかな羽音を耳にするばかりだったが――。

夜に

児よ
お前は知らない
お前の夢の大きないれもののように
気づかれない寛大さで包んでくる夜を

お前は知らない
ささやかな夜のことばを
木立がしているあれら声のない声を

お前は眠る
形のない安らかな夢を
ことばのない夜の掌《て》のあたたかさを

深く　無心に
児よ　かしこい眠りを
お前は　眠る

夏の終わり

打ちあげるあなたの期待をひらいて
金や銀の星々をちらして
消えていった　花火

夏の祭

あなたの画いた夢の
ひとひら　ひとひら
落ちてくる金箔をすくおうと

掌――
壁にさされた追憶の
すぐれた絵画

蝶は
すでに色あせている

うしなわれたと……
―冬の歌―

うしなわれたといおうとして　ふと腕いっぱいの砂を発見する。ふりむくとみおぼえのある外套《マント》は背中をみせていってしまった。

そのとき　ゆるい　気づかれないほどの風のなかで時計がひらいている眸はしられない花のようで手をふれようとすると　うつむいてしまう。

そのとき　おまえのうちを　いよいよふくらんでくる夜よ　ひろがってゆくその暗さのなかで　ひとはあわてて光をかぞえはじめる。

風がみがいてくるのだろう。奇妙にとぎすまされている　星よ。

おまえの肋骨をきしってくる　これはまた　なんとながい哀歌―。

枯葉でいっぱいになった　脳髄のほころびを　ときどきちってゆく　感傷的な音符。
さて　やきはらわれた街の　きたない寒さにたって　おどけた身振りをするクリスマスは　まるでくされた老木のようだ。飾りつけられた　赤の　青の　黄の　おまえの死んでしまった枝のしたで夜通し　札束を焚いて　わきあがる煙のかたちを　とらえようと　ひとは　およぐような仕草をする。そのさしだした腕が　いつか泥になっているのだが。

そこで脳髄がめざめると

そこで脳髄がめざめると
心臓は急にいきをひそめる
記号でない
鼓動がかたる
感情の
意味

ふしぎな騒音にみちている
神秘なうすあかりのなかをふく
奇妙な　かぜの吐息
くらい肉のなかの
とらわれている
火

さむいあさがくる
すでにプロメテはいない
充満してくるモーターの爆発音にふるえている
おまえの　おもい甲冑のなかの火をたいてくれるひとは

めくらの
翼のない鳥のようにあえいでいる
おまえのうえの
ぼう大な腸詰めのなかの
蔓延する煤煙
おわりのない
夕暮れ

夕暮れをたのんで
武装する脳髄がひらく
黒い刃物のかたちをした　花びら

それは計算する
かすかな火をたよりに
それはかたる
もうひとつの舌をかくし
そして夜は　狡智でいっぱいになる

心臓よ　そこで
おまえの血はいろあせ
おまえの皮膚はこちこちになり
たれてくるくさいしずくに灼けて
いっそうみじめな思いでいる

おまえ　孤独な肉のなかの暗黒
のなかの　こおってくる喪章
みるみる死んでくる系譜のはてにぶらさがっている
黒い果実

○

小用をすると　雨はすでに雪になっていて　あかりのきえた路を　あたふたとやってくるひとは　重量をはぎとられて枯葉のようだ。

くらい階段をあがっていくと　私は室を見失う。床板がしみついて　裸の足はそこでたちすくんでしまう。

それから　なりやまない窓のある室でひろげる夜の地図を　ふとつきだしてくる爪のようなものがめちゃめちゃにする。ささやかな夢のために　憎悪である私の目は　あまりにもさめきっている。

口をとんがらしたり　舌《べろ》をだしたり　なきわらいの父をよろこぶ　子よ。
お前のよろこぶ　とんきょうな貌のうちがわで　父はまた　しられぬ金の魚をさがしはじめている
いよいよふかい夜のそこを。

○

道があんまりたんたんとしているので　ふとふりかえると　それはいっぱいの枯葉をしきつめている
のだった。つかれやすい私には　ふとひろいあげたその奇妙な地図の謎をとくよしもなかった。

○

それから　またふりかかるこの金の鱗を　少女よ　お前にあげよう。なづけようのないお前のうれい
のしるしに。

おまえたち　なにを
いおうとするか

おまえたち　なにをいおうとするのか
〈それはいけない〉
〈それはまちがっている〉

とりがうたう
いぬがほえる
おまえたちにわからない
それらいきものの心臓からふきだしてくる
いのちのにじ

にじのなかにいろをみわけようの
ひかりの屈折がどうの――

きらめいている
一瞬のいみのないうつくしさ
一瞬のうつくしさでしかないいみ

おまえたちのことば
つめのような
きばのような
それもひどくくさいにおいがし
カラカラにかわいてこぼれかかり
おまえたちのたましいのうえに
しんでしまった石のようにおもい
そのおもさをあたたかいというのか

いってみよ
おまえのゴミゴミのおもちゃばこのなかの
くるまのない大砲

はげちょろのてつかぶと
あおかびのある日本刀

そこでたくわえられた
うたでない
いのりでない
ふしぎのうめき
金属のふれあうおとでしかないもの

おまえたちの成長のあかしに
けものでない
さかなでない
とりでない
人間というあわれな甲冑をきた
みずからのつめでしかないもののしたで
ジトジトあせばんでいる

あらされていく　はだ

あられもなくかざられたはだのしたの
けがされていくたましいがきている
こけのようなもの
巨大なひたいのなかの
肥満した腸詰がかくしている　わな

おちこんだわなはふかい
のしかかるいきぐるしさのなかで
わきあがる鼓動
ぼくらいまこそ脱出をはからねばならない
きずつくことによって
そこをふいてくる血をかんがえよう

くさいこけや

奇怪な甲冑をふきとばそう
あぶくとして―

オットセイがしているみずたまの
きびしいひかりとかぜのなかの
ふくらんでいる一瞬のにじ
ぼくら　にじをとばそう
オーロラのあるうすあかりのなかの
うつくしい変容をはらみ
ほとばしるいのちのうたをみたして

秋の夜に

さむいからといって
そのうえ雨がくるからといって
まずしい比喩をかんがえている
—私のあおくさい脳髄はまだ墓標の匂いがする
かわいた骨の音のする象形文字にうもれて
さびしい他人の匂いがする

私の目
私の耳
そして掌
私は堕ちていくのだろうか

ふんわりととんでいこうと

そんな夢ばかりでささえられている
奇妙にあかるい空間のなかで
うすれていく私の影

ふときこえてくる
だれもいない谷間の
あれは歌だろうか

あけようのない夜の白さを
犬とふたり　すでに
私はくらい耳になる

たでしな　叙情

たでしな　お前の髪にかかる雪
お前の肩にかさなる雲

湖はめしいている
星もかからない
たでしな　お前の魂の窓

笛をふいている
蕭条と　白い千万の掌をあげ
たでしな　嵐にむかって

その音　稲妻となれ
夜と　その暗闇を裂いて

お前の乏しい灯をあつめて
たでしな
そうそうと天に鳴れ

掌

掌をひらくと　花になる

風によわいし
枯れやすい

花は空色で
空とみわけがつかないので
たまらなく　さびしい

不意に　みぞれがくる
それはまず　くらい雲をよこす

花は空色で

かっきりとひとりになる
凍って枯れることのない花は
また　たまらなくさびしい

不意に光があがる

不意に　光があがる。
あなたの愛するものによってたたきつけられた
敵意。

えぐられた傷口の底から
そむかれることによってもえはじめる
魂。

あなたはみうごきする。
あなたの孤独になった日から
あなたの不幸に。

おお　灰煙におおわれた太陽に向かって

とおのいた光の方向をはかって
あなたは掌《て》をあげる。

石であることのたしかさをすてて
もえている　内部の火を
あなたはめざめる。
いぶかしげな幾万の眸にみまもられて

あなたはとりもどさねばならぬ。
めざめることによって
めざめることの意味を
あなたの愛を

かわいているからっぽの瓶でないために
あなたは不器用にみうごきする。
あなたはすりきれた軌道をはかる。

その微妙な誤差を
ねじれている車輪。
いまいちど
それは　くみなおさねばならぬ。

V　秋の詩

凧

かぜむきがすこしぐらいよいからといってそんなに気ままな身振りをするものではない
風向はかわりやすいし　お前は糸でつながれている身分だ
糸がきれるともうとべないとおもうのが常識だし　凧であることを拒否するために　お前のからくりはあまりにまずしい
とんでいるのではなくて　あやつられていて　それをよろこんでいるようにみえる　お前の威勢のいうなりを　やめるがいい
おそれとうたがいのためにおそろしくゆがんだ眼球にとりつかれたお前の主人の巨大な頭のなかの憂うつのために、ついにたったひとつの幻影なのだからといって
もはや　お前のそらぞらしい威勢で　人々をおどかすのはやめるがいい　お前にとって　それはあまりにさびしい位置なのだから

むしろ　おちるがいい　はげしい痛みとともに　いまいちど大地に　病んでいる人々のために　く
さったお前の骨を　せめてひとつの野花として荒い風のなかに開くがいい

子どもよ

それはいけない
それはほんとうではない
と思いながら
ふと　うなずいてしまっている

みんながわらいかけ
みんなが手をさしだすので
それもよかろうと思ったりしている

ああ　ひとりでいることのくるしさを
ふるえながら
ちいさな花がおちる
何事もない夕べのために

失われてゆく　そのことのために

こどもよ
そしておとなは消えてゆく
うたいかける光や音をうけるための
内心の繊細な花びらを失うことによって

自らがえらんだ鉄格子のなかの
よどんでいる暗さのなかで
それから　おとなは声をはげますのだ

せめて　こどもよ
ひとりがひとりであることの底から
こみあげる
多彩なおまえたちの花びらの
そのはかなさをこそ　たえよと

短章

こよみ

そのおびただしい　るいせき
いちれつにならんだ　たまごは
いちように　くさっている
たちこめる　しっき
こわれた　黄味が
血のように　あかくはみだしている

かりもの

かりもののふくろのなかで
ねむっている　虫

はぎとられると
やどかりのようにもだえて

かわいそうだからと
おまえら　もうひとつのふくろをあたえ

老嬢

彼女は変貌を忘れる。
未熟な時が　黒いしぼんだ果実になって　彼女の子宮につるさがっている。

ゆううつ

ゆううつは　ぼくでない無数のぼくである骨片のなかで　死にわすれた昆虫のかたちで　うずくまる。

そいつを　勲章のようにかざって　無数の骨片の牢獄にとらわれているぼくが　また朝の鏡にむかっている。

ガラス戸は

ガラス戸はあんまりきれいにみがくものじゃない
まわりがことさら　黒くみえるし　雨は室のなかまでしみとおってくるようだし
見ひらいた夜の目にさらされて　私たちは　すっかりはだかにされたように　さびしい

海辺

ひと箱五円のごみ代がとられるというので　夕日がうつくしいとおもっていた海辺は　ごみでいっぱいだった
いつのまにか　焼トタンをあつめた掘立小屋ができて　そこで男がひとりくらしているのだ

休日

やすみになって　ゆっくりからだをやすめようとおもうのだが　ボウズのいたずらのあいてですっかりつかれてしまう。

おもちゃのあひるの鼻がとれたからとかおとなびたかおでウクレレをはじいて　でたらめをうたうのがおかしいとか……

てのつかない書物をかってきて　ボウズをあやしながら　ぼんやり金魚鉢をしたからみている。

早春　―昼―

あこがれが　敵意にかわる
自らを武器にすることによって

飛んでゆくおまえは
すでに青空のなかの任意の一点となる
なづけようのない風となる
白い航跡をのこして

おまえが吹くたびに
おまえにさからうことによって
おまえの遠さをはかることによって
人は見知らぬものとなったおまえを内側にいれる

無器用な手がふれることのできない深い臓器のなかで
それはまれな憂いとなって
空にみひらかれた眸《め》となる

あこがれが憂いとなった切なさを
あおい水平線をやぶって
黒く　ひとりぼっちで　立つ

秋の詩（Ⅰ）

時計の針が　くすぐっているのではない　ぼくは笑っているが　この能面のうしろで　無惨にかきま
わされた心臓は　すでに容器としての底面を失っている
したたっているのは黄色いハッパだ
かわいた傷口からこぼれるカサブタだ

秋よ

世界は　憂うつだ

世界は憂うつだ　かさぶたをかぶった地球の　奇妙にケバケバしい唇が　わめきたてる敵意は　コブラのかたちをして　背のびしている
呼びかけても　ふりかえろうとしない　やせこけて　ひとりぼっちで　まるでよっぱらいのようにコンクリート色の空をみている　愛―
追われている　獣のかたちをしている　おまえの飢えのために　ああ　世界はあまりに憂うつだ
〈何をかたろうとするのか〉
みたまえ　季節でもないのにふってくる　この骨片のようなもの。なんと　魂をはぎとられた　それら　あわれな言葉たち

わたしの手に……

わたしの手に　脚に
こんなにもつもってしまった
この小さな　消えてゆくばかりの
結晶のひとつ　ひとつ

神さま
もうかぞえようもありません
わたしはそのなかにいます
このふかい罪のなかに

神さま
お手をください
あなたのあたたかい手をください

このながい旅のおわりを
わたしはひとしずくの露となりましょう
あなたの手のうえで
何気ないなみだとなりましょう

この　はかなく　おもく
消えてゆくものとともに
消えてゆく夢となりましょう

雨の夜に

長い雨の夜のぶりょうのはてで　ふと気づいてみると　いちまいのくたびれた背広をのこして　もう
私は出ていってしまっていた
タクシーをみおくり　雨ぐつの女のうしろを追い　喫茶店のメニューのなかに眼玉をわすれ　おもい
足ばかりになって
ふりむくと　おとしてきた心臓は　黒くやつれ　ずぶぬれになり　街路樹にかけてきた腕はいたずら
に雨をすくっている
いま　シャモの形をしている　奇妙に戦斗的な脚のうえに　夜よ　のしかかってくる　おまえの新し
い飢えをみたせよ
くろぐろと　とぐろをまいて　午後11時よ　私の脈膊《みゃくはく》となれ　たどたどしい私の道のりのために
むしろ苛酷な重量となれ

デプロ　※

デプロ
おまえのわらいについて
おまえの道化について
わたしはこおっている石の眸をかんずる

かなしまないなにかをもち
わらわないなにかをいだき

ささえているのは
葉のおちつくした木であり
かわいてボロボロの根であり

デプロよ

おまえの骨は土にさされ
おもい天を刺し
裸の　そのままのすがたでたつことによって
両刃の生をつらぬき

※デプロとは、ニコラ・ボアロー＝デプレオー（１６３６年〜１７１１年）フランスの詩人・批評家のこと

穴

ふかく　ふかく　天を拒否し
ふかく　ふかく　地の底なる太陽へ
おまえの黒い営み
黒い願い

おまえをつらぬく
カラッポの　透明の決意

ああ
ふかく　ふかく
孤独なる空間を成長して

穴よ

おまへの底をこんこんとあふれる血に
ひととき　キラリと光る太陽

——古い　はきけのする夢

序詩

つかれて　ねむくて　砂のようにかわいてゆくばかりなので　私はふと大きな手をこぼれてゆくように感じることがある
そんなとき　その無邪気な手のなぐさむままに　サラサラとこぼれる音を　私は　記号でない意味を熟れている　私のいのちの歌とも思い
こぼれてしまった静けさを　だまっているものたちのつつましい夜にかこまれて　私はせつなく生きていこうと思っている

誓い

ひとつの影がわたしの内によこたわる　白々しいメイキャップをして　仮面はいつもくるしいパントマイムのためにつくられ
死んでゆく仕草さえ雑多な糸につながれ　用意された夜のなかの　つきまとう青い光のなかでさびしいあえぎをつづける
影よ　沈んでゆく古い時よ　今宵　シンシンとつもるしずけさにたえて　ちかづいてくる時のなかのかけがえのないひととき
私は感じている　おまえにかわって立ち上る　あたらしい影　朗々と転調する豊麗なフーガを
蝶よ　おまえの終りをわきあがる　夏の祭　たえだえのみもだえを舞踏とせよ
ひそやかに成熟していく夜のなかで予感される夜明け

すでに決定された光の方向に　舞いおりるかろやかな音符とせよ

聖なる紐は用意された
手をさしだせ
まだおわらない夜のなかの　ひとつの死
おまえのほこらかな残酷さをとげよ

ぎりぎりとむすんで
いま　二十七歳の誓いとせよ

歌

Ⅰ

そうそうと流れて
死んでゆくばかりのいくつもの流れに
さしだしてみた　唇
あるいは　つるされていた　手

夜になるとよくわかる
愛していいるといい
生きているといい
乾いているという

夢よ　すっかりかわってしまったおまえの　砂になった累積のおもさをはいで
だから　目覚めは名づけようのない落日のある朝をむかえ

足の芯まで冷えきったわたしは
歌ったつもりで
ふと　はげしいクシャミをしてしまう

Ⅱ

さびしいからといって　そんなにひとによびかけるものではない
ことばは　小鳥のようにちって
ごらん　みんなうなだれてしまった野に
もっとみじめな冬がくる

さびしいからといって　そんなに昔をかたるものではない
一銭五厘の夜たかそばの味
一銭五厘のたばこの煙
すぎていった情緒は

おまえのうちにとがれて　刃とする
まずしくなった魂の皮袋
乾きすぎたあみひもにとらえられて
そんなにも傷ついた老いのいのちよ

かわらないのはわたしばかりと
たどりついた道のはてで
砂の涙をふくんでうづくまる

ごらん　あの山のしずけさ

こんなに風がつよいと……

こんなに風がつよいと
ばかを承知で
おれは怒りでいっぱいになる

やくざな住いの
ゆれる室の
ガタピシふるえている窓が
おれを不安でいっぱいにする

だからおれは戸板をもって
風にむかって立ちたくなる
明け方まで窓といっしょに
風をささえていたくなる

○○官邸にいる奴らに
この風の方向をかえてみろと
いいたくなる

あわれな人間ども
おおぜいの
ぐらぐらの土台のうえの
それをどうしようもない国の
この夜をあれる風にむかって

おれは　もっと吹けといいたくなる
おれの内部にあふれてくる
熱いおそれを　かきたて　かきたて
もっと　もっと吹けと
おれは叫びたくなる

童話

夕ぐれ。大きな壁のまえであった。少年たちは　ちょっととまどいした。はかない光の残滓をあびて
壁は　その内部から成長する亀裂になやんでいたが　その足元に　まるで悔いのようにつもっている
奇妙なものを発見したのだ。虫のようなそれは　どうやら死んでしまった音符のようであった。
ふと手にとってみると　どうしたことだろう。それはいつの間にかつややかな緑色の眸をひらいてき
て　多分　ヂローの手のぬくもりがしたのだろう。しかも　よい音がして　時々蝶のようにまいあ
がったりするのだ。
それから　タローとヂローは　めずらしく　歌いながらかえっていった。見知らぬ奇妙な音符が　ふ
たりの内部の溶暗にむかって　泡のようにくだってゆくのを感じながら。
この日　少年たちのために　人生はなんと魅惑的なものであったことだろう。ふたりのために　壁が
している牙状の亀裂は　いまきらめいてはてしないスフィンゼ※への道であった。

※スフィンゼとは、ラテン語 sphinge を日本語表記したものでスフィンクスのこと

新地理

いくつかの閃光にさらされて
無機質のどんよりした皮膚をさらけだす
海

コンクリートの谷間は日かげばかりで
日まわりは枯れ
小鳥もすでに幻影になっている

新しいガラスの城のなかでは
透いてゆく存在が　煙の輪をかぞえ
失った貌のかわりに
いくつかのあたらしい貌を考えている

そのとき　突然　光がくる――

盛りあがる騒音をさいて
凍った静寂がビルの形で林立する

ああ　空瓶になった太陽がうたう
巨大なくずかごのなかにこぼれる
日付のない暦―

それからだ

神さまや
天気予報に　なんのきがねもなく
雲がとりもどした自在の形を　らんまんとひらきはじめるのは。

秋の詩

夕ぐれ
きよらかなまゆの
しっかりみひらいている眸の
それはいつも横顔ばかりで

ふとのぞいてみる窓は
内部からやさしいカーテンでとざされ
その窓が返してよこす飢えは
あかのようにきたなくつもり

〈私は何をしようというのか〉

きのうでもない

今日でもない
日付のない夕ぐれの
誰もいなくなった窓の下の

つるされている
カラッポのズボンの中の
みもだえて沈んでくる言葉たち

その落葉の色の
無機的なたわむれの中に立って
いつのまにか失ってしまった
自分の名前をさがしている

秋の詩（Ⅱ）

彼を打った石をいだいて　ある日　コオロギをききながら　ホトリと涙を流した　あのイスラエルの
永遠の死刑囚

愛とは幻影であったか

ゼウスよ
彼はげんみつにはかった非情の距離に耐えた
さしのべたやせこけた手に　こみあげる
あおい光をともして

冬の夜に　I

外は
屋根ばかりで
ひよわな窓ガラスをとおして
うしろむきの影がみえ
人の影がみえ
人の影ばかりがみえ

そこをあけないでおくれ
私の賭けたものが
それ
花瓶がこわれる
そんなにも脆く
いまの花は　夭折する

窓をあけないでおくれ
くくくとおどりあったり
いきおいよく走りぬけたり
そんな季節だからといって
おまえのきまぐれを
雪よ
おまえのおどりを
やめておくれ

窓はガタピシ鳴るし
影はふるえ
閉じこめられて
私たちはこんなにも寒いのだから

木立も死んだし
小鳥もいなくなった空の足は
汚い屋根ばかりだし

凍っている窓ガラスをとおして
人は影ばかりなのだから

そんなにわらわないでおくれ
おかしいからといって
幼稚だからといって
雪よ
今宵は
ふたりで
しんしんと考えてみようよ

傾いている窓枠のなかで
ふるえている
他人になった影について
影をとりもどす
ささやかな方法について

冬の夜に　Ⅱ

ながいトレモロのおわりに
それはどこから吹いてくるのだろう
いつもうしろから追いこして
無鉄砲な未来へすぎてゆく

夜の都会のけばけばしい嘘をきしって
それは　すでに白い血を流しており　めしいており
コンクリートの壁にあたっては
かすかに海の音をたて

そこでぼくらは思いだす
今日　まれな貝殻となった汚い谷間の
ふかい塵の底からたちのぼる歌をたよりに

ぼくはでかけようと思う
きっぱりと凍るにちがいない朝へ
おまえの寒い手をとって
おまえのふかいひびきをあたためながら

妹

冬になっても　おまえはまた　誰よりも先に起きるのだろう。暗いまだこおっている流し場で
おまえはまた　何かをきざんでいるのだろう。
フミコ。朝げ　夕げと　ふと風のようにすぎてゆく　おまえのとき。老いた父のかたわらに坐っ
て　いちにちを仕立ものにくらし　着るものがないのでと　外出はやめ　それもやっぱり不似合
いだからと　しずかに笑っている。

フミコ
そこで断ち切れている　きびしい時間の尖端に立って　おまえは　さしのべた手をおろす。おまえの
まわりに落ちてくる星が　夜の傷口のように　きしってゆく。
その風ばかりの暗さの中に立って　そのミシミシこおってくる　謎めいたもつれのあいだで　生きて
いる　おまえの手。ひびわれてくる　おまえの指。

フミコ
そこから　途方もなくひろがっている　くろい時間の裂け目で　おまえは　星でもない。蝶でもない。ただ　静かに　知られない灯をともしている。

○

フミコ
今日もお前のでない月がのぼる。星がうつくしいのに　風は　カミソリのように光る。
ふりかえると　わたしのうしろにうずくまっている過去。そこにつるされているおまえの　ほのぼのとにおってくる涙のしみに坐って
フミコ。
兄は　無知な植物のように　手をのばした。おまえに縁のない晴天の　白々しい星の方向にむかってわたしはたしかな起点であろうと思った。

そうしたいびつな成長のはてに　けれども　兄はいま　いよいよひろがってくる内部の　きたない夜をひらいて　誰もがしている　もうひとつの貌をみのらせようというのだ。

Ⅵ　風の音が

風景

充分　虫と腐水におかされている極彩色の木造建築の裏にかくされているゴミ捨て場のひびわれた瓶の散乱する　これはギザギザ人の足を傷つけるばかりのノッパラである。

見わたせば　あるかぎりの季節と夜を商うことによって　それを失ってしまったわたしたちの抽象的な夜は　いつの間にか一層深い無機的な淵がふえていて　いよいよ孤独になった性器が　一様にノッペラボウになった人間の最後の容貌となっている。

この時　時計が忘れっぽい枡である頭をつるされて壁の下にならんでいるのは　ビール瓶に換算される　あの喜劇的な空虚だ。

たとえば　その泡立っている脳髄を　力一杯くだいてみたとしても　その風化した容器を脱出することによって　水よりも早く怪物じみて拡がり消滅する自分が予感され　予感されることによって　その夜　ひとは泥となっている。

哀歌（Ｉ）

夕ぐれごとにその円周をひろげようとするのだが
中心から距離をひらくたびに
奇妙な風ばかりが感じられて
むしばんでくる透明さのために
私はふと円周を失ってしまうのだ。

だからゆがめられ病み細った樹があったり
人間どもへの拒絶をかっきりと切りとった超近代的なビルディングがあったり
たとえば　そこに新しい女がまろやかな腰部を風におかされていたとしても
むしろチベットの砂がひっそりと作っている抽象的な起伏に
私はさびしい夢精をしてしまうのだ。

砂。

砂の円周にとらえられたアリジゴクの夢想する
逆三角錐のはてしない稜線。

ひとりっきりと思っている私を
その時
サラサラとのぼってくるこの名前をはがれた草の穂は
何ということだろう。
かつて　わたしたちがむしっていた草であって
もてあそんでいたと思っていたものが
いま茫々と私のうちにあふれてくるのだ。

ああ　ひとりとは何という騒音のうちで行われるものであったか。
密室はひとの眼を予想することによってその蜜を充たすべきであったし。
風と　その年齢のために透けてしまった石のために
私はあまりにも華奢な骨董の手しか用意できないのだ。

庭

その庭の青桐の下にたたずんでいた
子供よ

だれもいなくなった庭に
紫の葉影がゆれて

風がはこんできたのだろうか
夕ぐれの光のなかの影のようなもの
幽霊のようなもの

あれは母の声だろうか
いつまでも呼んでいる
海鳴りのようなもの

こんなにふらつくのは…

こんなにふらつくのは
あふれている涙のためだろうか。

立場のなくなった足が
蒼白くなえて
衰弱が暗い穴となってのぼってくる。

全身をつらぬく空虚。
石になった眸のために
すでに光はその場所を失っている。

たちのぼる腐臭が
海藻のようにうねっている繁みの　底に

沈む貝殼。
滑稽な足が
舌の形でぐったりとはみだしている。

始めに

そのよろこびのいただきに
そのうれいの坂に
わたしは始まっていました
わたしは決定されていました

ふかい　むせるような夜
眸をもたないわたしは
しかし　たしかな何物かでありました
眸がわたしをひらいたときよりもはげしく

わたしがひたすらにうばうものであり
みじろぎすることによって
わたしが痛みである　そのことのために

その時母《ひと》は新しい夢を病んでいたのでした
あざやかな血の色のリズムで
ただ愛だけがわたしをめぐっていたのでした

再びおこらないよう

ひとりひとり
あの日から
ざわめく人々の声の裏通りを沈んでゆくものがある。
解き放たれて山間の湯にひたるように
足を　腰を　胸を
奇妙に屈折させて
もうわたしたちに知られないものとなってゆく
おまえたち。

いまさら　なにを償おうというのか
人よ。
すでに手は偽りの舌であり
祈りは乾いた棘となって

その人の皮膚にしみるばかりの
いま

笑わなくなったおまえのうちがわからこみあげる
無限哀傷の相貌——。
〈生きていて苦しい……〉
造血作用のとまった体の
ひびわれた　一生をもれてくる水が
おまえを単純な土にかえすこの時《とき》。

ほつほつと失われることによってかえってきた
その異常な目覚めを
夢はおまえのなかに燃えはじめる。
古い海が残した塩のように
おまえのうちに凝る。
樹木ものびまいといわれた土に

うっそうと茂る音楽となる。
〈再びおこらないよう……〉
〈再びおこらないよう……〉

夏に

さわやかな緑色の渦巻から　曖昧模糊として立ちのぼるこの煙は　ガラス建築の前の幽霊のようにふぬけていて　五拾円のアルコールの墓に額をあつめてさもしく変貌する大人たちの　そのねじれた原始性のように　蚊だの蛾だのがフラフラ陶酔の態であつまってくる。
その時　はたいて焼いている　ふとした動作のなかに　あるサジスティックな劇があるとわたしは裸でいる肋骨の寒さにふるえる。

このところ年ごとに夏が冷えてくる　というが　それはわれわれ二本足のけものが発散する　たそがれ近い時間のせいではないだろうか。

つまり蚊帳が古風だというのは　あふれてくるウランだのウラニュウムの吐き出す気取った幾何学のせいであって　この時　女がその発生の根源からもってきた美学は　今こまかい網の目を通して　なんとさわやかな風景であろう。

だから　われわれの脳髄の中にたれている紫色に変色した蚊帳はむしろ　ふとみつけた林立する煙突

の中の羊歯などのある空地であって　そこで用をたしている女の姿勢は　このジリジリ肌をやく　太陽と鉄の錯乱する鋭利な時間のなかで永遠にむかってつらぬく　地下水のごとき清冽さを放射するのだ。

朝

密封されてしまっているのに
透けてみえるこの近代的な空間は
無限の拒絶に見ひらいている喜劇的な　眼球を充満したくさい箱だ
プラスチックの窓がたくらむ
無邪気な嘘の構図だ

このとじこめられた朝を
子供たちはすでに老いの姿勢で
石の確かな暗さのなかに屈折し
ふりかけた香水の裂け目から
女は陰惨な鉛色の欲情をしたたらせ

こわれてしまった時計だの
コチコチになったコンドームだの
一切のガラクタの
ガラクタであるおかしさをひびいてくる喧噪が保障する朝

歩いてみよ
あざむかれた眼の
あざむかれた視野が
またおまえを昨日である今日にかえす

結局　石である神の一塊の糞として
朝ごと
おまえは夜にむかって落下する

Mに

その橋に
月はあったか

そこの石段をおりて
ふと　おまえは習性の家陰に曲る

そっと立っていた
あれは樹であったか
サヤサヤと憂いにふるえて
今宵むなしくなった思慕を
はげしく夜行列車が突き抜ける

その橋に
月はあったか

雨のふる街の夕ぐれに

黒々と空ひとつ
ひとつかかり
人ら傘をさし
傘と空と
空と傘と
ただ黒々とひろがり

まろくまろく
人らとらわれ
とらわれの眼くらく
胎内くらい光にみち
光ならぬモヤモヤにみち
すでに　はらわた
そのねじれた形状は

一種のあついうめきとなり
無残の骨にとらわれ

とらわれの血を煮つめ
そのはげしく沸騰するものをしずめ
うつすらと涙をうかべ
いのちのしたたりをしたたらせ
帰るつもりの嘘の灯をさげ
灯がかぎる限りを
ここだと思いさだめることによって
男　女をいだき
女　男のために
ひとつの場所となり

その剥ぎようのない痛ましさを
女　みごもり
男ら　死の真似にぬくもる

車中で

汚れた服の女の子が手をふっている
海岸の夕ぐれのもやのなかに小船がもやっている

何がとれるのであろう
わたしは　答のいらない幾つもの問を思って　重い瞼をしばたく
列車は函館に近づく
遠のいてゆく風景が乾燥した音をたてる

何のための旅であろう
すでに去ってゆくなにものをも失っている

初夏

その時わたしは一本の樹木だ
憂いの影をサヤサヤと鳴らして
ひとつの雲の影をもつ

地球は緑色のメロンだ
風のなかでそれが鈴のようにゆれる

ああ爽快なジェットエンジンをたいて
白くきしる構想
風と地形が果たすすばらしい効果

やがてわたしは枝一杯のたわやかな墓碑銘を準備する

讃

雨がふってくる

その垂直な重力の方向に
それにさからうことによって
さからうことをみちびきとして

ぬれて
ひかって
暗い天にせのびする樹の
うつくしさ

夜

なんとなくかえってくる暮れ方の空に
両手をあげて沈んでゆく
鳥がある

夜が灯のまわりに
それら羽根を失った骨をあつめるので

カタコトなる窓に立って
私は夜通しねむらない

時間の足が……

時間の足は砂時計の下のふくらみにくずれる。

砂漠。

そこはむやみに明るい昼ばかりで
パラソルをかざす老いた旅人のように
人は持ってきた蜃気楼を着る。
ガラスばりの小さな大陸。

人は歌いはじめるが
声がなくて
ふと魚のようにさびしい。

いやなやつだと……

いやなやつだと思うと
愛してやろうとするまえに
私は憎んでしまう

つつんでやる広さも
傷にたえつくせる強靱さもなくて
私はもえのこった棒くいのように
黒くかたむいてたっている

私の内部の　くれかけた空に
黒い爪となってとがれている

日付を失った穏和な夕ぐれをおびやかす
私は抽象的な地のトゲとなっている

子供は…

子供は　近頃めしをたべなくなった

たべないといなくなるという母を
たべるよ　とひきとめたつもりで
くだものばかりたべて
草のような顔色になっている

さびしさが腹を一杯にするのだろうか
父母がこもごも出勤する朝の
泣いたことのないバイバイの仕草は
風を招く野の草の
暗い内部からこみあげてくる
声のない身もだえのようにみえる

（アキラの詩Ⅵ）

○

終日消しゴムを削る少年
裏がえしになった時計の死んでしまった窓の上で
おまえはかわいていている魚になる

誰もとめはしない
おまえの泥が吐かれ
ノートがそんなに汚れてしまったとして
誰がおまえをとがめよう

裂いてみた時計の内部は
くさい泥の
底なしの
くさってしまった底ばかりの泥だし

笑いかける　太陽も義眼のように凍って
木鼠は　ふと嘘である真昼の方に逃げてしまう

くらいくらい円天井だ
ゆがんだ沼の手に限定された夜だ
暗い真昼だ

木づたが魂の裂け目のような
このきしんでいるその無数の線条は
罠のあるユリカゴだ

眠ってはならぬ
そんなに消しゴムばかり削っていてはならぬ
削ることの
ノッペリした繰り返しの

その時間の牙を知らねばならぬ

眠ってはならぬ
けだるいといって
そんなに老いの方にかがんではならぬ
あれはおまえの脳髄をけずる音
単調なあれは屠殺者の銛だ

沈んでゆく
別れてゆく
これはおまえの所有を枯れてくる時間だ
眠ってはならぬ

眠ってはならぬというのに

夕ぐれがくると……

夕ぐれがくると
あなたは何を買いに行くのですか
やがてあなたがいそいそとひらく清楚な食卓にむかう男の内部で
あなたが男をとおしてみていた夢は
そのくさい管のなかから
汚された果実となって
時間の滓となってこぼれるのです

ごらんなさい
この名前を失った人々
自分の憂うつを
自分の喜びを
やっと古い背広のように着かえて帰ってくるひと

あなたの夢のために
彼はいまつるされている
一箇の裂け目のある皮袋となっているのです

だれのメゴ　といえば
オヂチャンのメゴ　という

大人の問が強制する答の
そういうかしこさを
はがれた暦のようにつみかさねて
アキラは背のびする

（アキラの詩Ⅶ）

君たちは　笑っているのに
たしかにうなづきあっているのに

このガラスごしのような
色彩のつめたさはどうだろう

短章

Ⅰ

妻は　子供のかすかなみじろぎにもめざめる
妻は　もう起きている
たえがたい生ではない

Ⅱ

土曜の午後
落葉のある窓をひらいて
セザール・フランクをきく

そのまましぐれて
夜は─
ふるえる歌のおわりに
ためらいがちの灯をささげる

III

窓がなる
思い出したようにくる突風でゆれる
このバラックの
それも借りものの室で
むずかる子をやっとねかせて
さびしいと
風の音がさびしいと
妻は隙間風をかぞえる

昭和三十二年一月改稿

Ⅶ

交声曲「或る詩人のレクイエム」※1

1　蝶の祈り　※2

もう　どんなにあがいてみても……
とぼくはおもう

あたりは　しいんとしている
（あるいは　ぼくが聾になったのかもしれない）　※3
墓地のように
ぼくのまわり　すべてがさびしい

そこに　あなたは
うつくしいくもの巣をひろげていた
涙のように　朝露がひかっていた

もうどんなにあがいてみても……
とぼくはおもう

とおのいてゆくすべて
秋のひざしのような　かずかずの時間
やがて　つげねばならぬ　わかれ

ぼくは　うつむいてみる　※4
ゆれているぼくのかげを　みる

それから
しろい吐息を　する

2　ボロきれみたいなからだ　※5

まるでボロ切れみたいなからだ
　ボロボロ　グダグダのからだ
　　やくざなからだ
いったいどうなっているんだろう

早くこいつを脱いで　さっぱりと虚無の中に——
　と思うひとの気持がわかるみたいだ

今日はそれでも　よい天気
　つぶてのように飛ぶ小鳥　いいな
ゆったりと　ほとんど　よたよたとタバコを
吸いながら散歩するみたいな老人　いいな

この一週間ぐらい　いたんだ右腹部の痛みもとれたが
右足つけ根　いたい　横臥すると胃のあたり気味わるし　※6

3　吾子の歌　※7

日はかげり
雲は灼け
黄ばんだ草むらのむこうに見えがくれする
吾了のブラウス

ピアノも　勉強もしないで
ただもう日暮れ
陽気な音符のように飛びはねるシルエット
立ちはじめた風にゆれて
いまただ輝いていくるお前の夏

熟れきったお前のひとときを　悼む　※8

4　妻に ※9

今日こそ　いってあげよう
あなたの耳に
アイシテル　と
今宵かぎりなく降り続く雪の
その声のないやさしさで
ア・イ・シ・テ・ル　と

5　谷間にて ※10

ぼくは歌う
ぼくはおりて行く

せまい夜と昼との谷間
そこに捧げられたぼくの空

無限につらなり――しかも
ぼくの　心臓の形に　切断された視界

日ぐらしは海のような単調をかなでて
杉木立の白い幹はその静けさのまま
皆　まっすぐに孤独である

そこに支えられる
いのちと　祈りについて

ぼくは歌う
ぼくは生きていく
そこに倒れるぼくのかげのひとつびとつ
黒い疲労と敗北をもやしながら……

6　夜そして又 ※11

今　死んでは困ると思った　朗がワメクだろう
ここに来て　おれのそばで寝てくれ　妻よ
（と心のうち）
ユキタ先生　起きてくれるだろうか　二時半だものと
時計を見る　兎に角　気力だ！　死んでは
ならないと気張ってみた

午後四時　たそがれてくる家の中には
誰もいない　まだ生きている　何かひとつの峠を
超えた思いだ

7　ぼくが死んだら ※12

ぼくが死んだら
ダニーボーイをかけてくれ
　ベートーベンでなく
　モーツァルトでなく
　ショスタコビッチでなく
口笛でしているダニーボーイをかけてくれ

ぼくが死んだら
暮鳥の「雲」を読んでくれ
　ヴァレリーでなく
　シュペルヴィエルでなく
　エリオットでなく
「おうい雲よ」と
繰り返し繰り返し
呼びかけるばかりで終わったぼくの
ささやかな未練をみんなに伝えておくれ

8　風の歌 ※13

すべてのひとに
私は風のようでありたい
たとえば　あおい初秋の――

そのとき　私はかたるだろう
すべてのかなしめるひとに
百合の眸にかかげるような清楚な言葉で
私は　ささやくだろう
しずかに別離にたえていった落葉の物語を
はかなく童話のようにきえていった　あおいランプの物語を

私は風のようでありたい
そのなかを　すべての変貌が　ふしぎな指先をまさぐる―

それをつつんで
たぐいない非在さをいきる
私は初秋の風のようでありたい

さようなら　すべてのひとに　※14
さようなら　さようなら

※1　作曲　古川昭男（1976年）初演・第3回古川昭男作曲発表会（於・青森市民会館）
　　合唱　混声合唱団グリーンコール　指揮　鹿内芳正　ピアノ　菊池洋子
※2　本誌　21頁『蝶の歌う』と同じ
※3　この行は曲中にない
※4　以降は曲中にない
※5　長谷川太遺稿集風の歌　234頁 昭和48年5月11日
※6　「横臥すると」→「よこになると」と作曲
※7　長谷川太遺稿集風の歌　236頁　『無題』
※8　この行は曲中にない
※9　長谷川太遺稿集風の歌　196頁　昭和45年2月21日
※10　長谷川太遺稿集風の歌　43頁　『谷間にて』
　本誌　28頁　『谷間にて　―日景にて―』は昭和32年1月までに改稿したもの
※11　長谷川太遺稿集風の歌　225頁 昭和48年1月
※12　長谷川太遺稿集風の歌　243頁『ぼくが死んだら』
※13　本誌　巻頭『私は風のようであった』と同じ
※14　最後の2行は作曲者が加えている

「詩集の跋に」

目立った　なんの才能も考えられない
ひとりの小心な少年が
誰にでもある思春期の不満やさびしさを悩むなかで
みつけたランプ
その燃焼度の低いまずしい光をたよりに
じかにみずからを確かめ　支えながら歩いてきたが
これは　そんな男でもしたい僅かばかりの不遜
ささやかな存在証明である

（昭和48年・春）

熱情《パッション》の人

喜多村　拓

長谷川太先生は、中学のときの国語の先生であった。クラス全員に詩や俳句を書かせて、わたしのを一番で取り上げて、黒板に書いた。それが嬉しくて、それからわたしは文学へと向うことになった。きっかけというのは他愛ないもので、誉めればそれから四十五年も文学と関わりあうことになるのだから。

その長谷川先生も、青森県の詩祭の第一回目の受賞者で、詩人であった。

中学生の心に残る授業というのは滅多にない。いまでもずっと忘れないで残り続けるという教育はすばらしいものがある。

国語の先生でありながら音楽もする。自ら授業中にアコーディオンを胸に抱いて、国語の時間にわたしたちに教えてくれたのが、「惜別の歌」と「妻を恋うる歌」だった。同級生たちは、みんな、いまでもその歌は歌える。音楽にも国語の教科書にも載っていない歌をどうして教えたのか。

そうかと思うと、電蓄を教室に持ち込んで、武者小路実篤が自著の『友情』を泣きながら朗読するレコードを聴かせたりした。単なる小説が、作家自ら涙声で朗読するのを聴いたときはショックであり、本で読むよりずっといまだに印象深い作品として残っている。

長谷川先生の風貌は、髪はベートーヴェンのように振り乱し、長身痩躯で、澄んだ大きな声をしているのが音楽家風でよかった。

その先生もわたしが卒業し社会に出てから、風の便りで亡くなったことを聞いた。四十代の若さで亡くなった。後に遺稿集としての詩文集『風の歌』が出版された。それには詩だけでなく、病院で死ぬまでの日記や奥様の看護記録が書かれている。最後に死ぬときに、奥様に「行くよ」と言った先生の一言がいまでもあの歌と重なってわたしの胸中から離れない。

（喜多村氏ブログ『前夜祭』２００９年12月17日「真善美とは　名物先生あれこれ」より部分転載）

父　長谷川太と私

長谷川　淳

毎年8月のお盆は黒石市元町にある祖父の家へ墓参りに行った。駅を降りて裏通りを進む。古い火の見櫓がある角を曲がり、きれいな水の流れに沿った小店を通ると、懐かしい匂いがした。向かいの牛乳屋が目印だった。

萱葺屋根の玄関から土間にはいると、おじいちゃんが笑顔で迎えてくれた。通り沿いの縁側には、洋服の仕立てをしている祖父のミシンと完成した背広が小綺麗に飾られ、部屋の壁には昔使った和菓子の木型と、父の従兄弟　工藤正廣先生（ロシア文学者・詩人、北海道大学名誉教授）の油絵が飾ってある。土間の横の小さな階段を上り、屋根裏部屋に泊まった。トイレは、土間から外に出たところの、口の大きく開いたポットン便所だ。僕はオネショで失敗しないかと心配したが、不思議と大丈夫だった。

両親と兄の4人で、京町の妙経寺で墓参りを済ませ水路沿いを歩くと、父は「乗田」と表札のかかった家の前でおばあさんと親しげに挨拶をした。その人は、曾祖父の弟、故　長谷川忠蔵（川柳名　闇五郎）がお世話になった方だった。祖父の除籍謄本によると、忠蔵氏は、乗田でわさんの所で亡くなったという。父とでわさんは会うたびに親しく話をしていた。

昭和46年の秋、弘前中央高校音楽部が全日本合唱コンクール全国大会で金賞を受賞した。記念演奏会が青森市民会館であり、家族で聴きに行った。指揮　西谷英樹先生（私の恩師）、ピアノ　島口和子さんで、中田喜直作曲　女声合唱組曲「美しい訣れの朝」であった。コンクールの演奏がドーナツ盤で販売され、父はそれを買った。「3　お母さん」、「5　赤い風船」の2曲を父は聴くと、いつもボロボロ涙を流す。母に尋ねると「心のきれいな人だから」という。

兄は父の手ほどきでオルガンを習ったが、注意されるたびに涙をこぼしやめてしまった。耳で聞いた旋律を私はイタズラで弾いていた。それに懲りて父は私には教えず、私はカワイピアノ教室でバイエルから習い始めることになった。「両手の練習」にはいると、見開き2ページの左にむずかしい譜面があった。父に「これは？」ときくと、（先生用）を父が弾いてくれた。父の伴奏にオンガクが盛り上がり、私の胸はほっこりときめいた。

両親は青森師範学校合唱サークルで出会った。私は青森師範が改組された弘前大学混声合唱団で、西谷英樹先生からたくさんのことを学んだ。西谷先生もまた黒石出身であった。

本誌Ⅶ部に掲載した、古川昭男氏作曲「或る詩人のレクイエム」は私が高校3年の時に初演となった。隣に住んでおられた混声合唱団グリーンコール指揮者　鹿内芳正先生からもう一度演奏するから来るように誘われ、ピアニストの菊池先生の譜めくりをしながら再演に立ち会った。曲中「3　吾子の歌」とは私の幼少時の呼び名「アコ」である。

病に倒れる少し前から、父は「ハリー・ベラフォンテ」の歌う「ダニーボーイ」のレコードを何度も何度も聴いた。父の親友　田村進氏は葬儀の中で「7　ぼくが死んだら」を朗読した。田村先生は母から父の病状について相談を受け、昭和47年の11月の県展に間に合わせて『るぱしかハセさん』と名付けたカバー掲載の胸像を制作してくださった。

黒石市妙経寺で2度目の葬儀があった。母とお寺のやりとりから『みのはん』が家の屋号とわかった。御住職の話では長谷川家は三百五十年続く浅瀬石城のときからの古い檀家で、長谷川家の家宝を寺で預かっているとの話であった。檀家としてお寺との関わりを大切にとおっしゃった。

昭和60年に風詩社から発行された詩誌「風」21号　長谷川太追悼号で、当時青森県文芸協会理事長であった山村秀雄氏は、長谷川太の詩について次のように述べている。

「野脇中学校正門～に向かって右わきの校庭内に～長谷川太詩碑が建っていた。建立は昭和42年5月。彫刻者田村進氏の証言によれば、この碑は～、生徒の進取の気性を喚起すべく建立したものだという。～（略）

風のように柔軟に生き、型に捉われず、透明そのもののように真正直に生きた。～（略）～彼はいわく言い難いものを言い切ることの出来る才に恵まれていた。谷川雁を連想させるような隠喩の名手だった。～（略）～『献詞』もその一例だろう。～（略）

筆者は、津軽における戦後の詩の書き手としては、竹内二郎と長谷川太とを双璧と見ているが、両者を比較すると気品の高さでは竹内に軍配が挙がり、才気の縦横さ、語法の新鮮さ、高級なレトリックにおいては、長谷川太に一日の長ありと読んでいるがどうだろうか？」

献詞　※長谷川太遺稿集　風の歌151頁掲載

これは目である
この刻みこまれ
練りあわせた石は
網の目に地表をとらえる暗黒の裂け目につながれ
この裂け目のむなしさに賭けられ
われらの火をこめて
この沈黙は　なる

山々の前に向けられ
山々の底から熱い火とともに突き出されたこの石は

君に捧げられる
君の痛みとして
君のなかのずっしりと重い場所
光を待つ唯一の暗黒として

望むことの懸崖の上に
望まれるものとしての光のために
すなわち　深く劃然と対置された
これは目である

青森市の混声合唱団グリーンコールでは、令和3年に「或る詩人のレクイエム」の3度目の演奏を行うこととなり、父の詩を確認した。昭和50年に母が出版した『長谷川太遺稿集　颪の歌』で、巻末の「あとがきふうなもの」に母が書いていた父の原稿が、令和2年の夏に仏壇から見つかった。私が若かった頃には、「昭和24年～昭和39年」の作品については理解できないままの作品が多かった。還暦を過ぎた今、私は合唱を通して詩について考える機会が増え、そんなタイミングで、父の手書きの原稿と出会った。昭和31年までの作品については東奥日報等で入選したものを中心に編集された『遺稿集』であったが、今回の原稿は『昭和32年1月改稿』と自身で記載したとおり、それらと異なる表現が多く、自身が改めた原稿と思われる。若い頃は、自らの出自、自身をつきつめた言葉、思想であった。本誌295頁の「谷間にて」（昭和25年10月23日東奥日報佳作　22歳）は、28頁「谷間にて

―日景にて―」にみられるように、「ぼくは歌う」から「ぼくら　歌おう」へと改訂され、『ともに生きる』ことへと、表現者として進化を遂げているように感じられた。詩から浮かぶ映像や響きがみえ、このままにはできないと知人に相談し、出版しようと決意した。

発見された原稿は父自身が封筒に分けて整理しており、『Ⅰ　Sに、Ⅱ　かぜのうた、Ⅲ　A街』として、以降の表題はなかった。

『Ⅰ　Sに』は、佐々木静への愛と、昭和22年に母親が自死している静の動揺を支える自分自身、2人の将来、長谷川家長男として悩む姿であろうか。

『Ⅱ　かぜのうた』は「かぜ」「裸木」である自身とその中に潜む「蝶」の羽ばたき・すなわち自身から湧いてくる詩、そこに訪れるSと、奏でる「風の歌」であろうか。「海と山と」の「山の呟《しわぶ》きのような風の声」である故郷K街から、山ひとつ越して進む新しい人生への決意であろうか。

『Ⅲ　A街』は黒石中学校から青森市の中心校である野脇中学校へ転勤し、橋本小学校に勤める母と港近くの蜆貝町　福士宅に間借りし新生活を始めた時期の詩である。学校や社会、新生活への姿であろうか。

以降に父の名づけた表題はないが、『Ⅳ　新しい春のために』とした部分は、「新しい春のための歌」など、新たな生活への決意、『Ⅴ　秋の詩』で、親、教師、人として、黒石を離れ家のことで苦労をかけた妹への贖罪、これからの決意、『Ⅵ　風の音が』は、この章最後の「短章」にでてくる

「風の音がさびしいと」という、著者自身の言葉であり声と感じた。

昭和31年12月9日「第2回県詩祭」で「植木曜介選第2位『再びおこらないよう』262頁」「山村秀雄選第1位『朝』267頁」「鎌田喜八選第2位『哀歌(Ⅰ)』255頁」の入賞により、総合で県知事賞を受賞しているが、これらも改稿されたものを掲載した。

本誌の編集から私は、「父　長谷川太」に、やっと近づくことができたかもしれない。これは詩集であり「長谷川太そのもの」と思う。なぜ、佐々木静とともに生き、音楽と国語の教師を選んだのか。なぜ「詩」を書き続けたのか。私は、教員として、合唱音楽を表現する者として、『感動こそが人を成長させることを強く学んだ。この詩集の、父の生き様、『表現者として自らを磨き、発信し続けよう』としたことが、本書を手にされた皆様の心に響くことを祈りたい。そして、私たち、ひとりびとりが、コロナ禍の今だからこそ、『伝えなければならないこと』を求め続けるのだと、心に念じている。

本誌の編集にお力を割いてくださった、北海道大学名誉教授　工藤正廣先生、弘前学院大学准教授鎌田紳爾先生、喜多村拓様、北方新社　工藤慶子様　他、関係各位に深く感謝申し上げ、発刊のお礼と致します。

令和3年3月

〈長谷川太　年譜〉

昭和3年　12月22日　青森県黒石町（現黒石市）上町で当主は代々「長谷川美濃守半蔵」を名乗り、明治期に長谷川菓子店を営んだ家に生まれる。半蔵が早逝し、家督を継いだ半三郎、れつの長男として生まれる。父半三郎の従兄弟は詩人「一戸謙三」、祖父半蔵の弟長谷川忠蔵は川柳で闇五郎と称した粋人で黒石新報創刊。

昭和8年頃　（4歳頃）家庭事情で同町油横丁に転居。

昭和12年　（8歳）母　れつ　死去。

昭和18年　（14歳）　4月青森師範学校予科入学、黒石を離れ寮生活となる。

昭和20年　（16歳）　7月28日の青森大空襲にて師範学校が焼失。青森師範は弘前市に移転し、小学校や寺を借りての授業が始まる。

昭和21年　（17歳）夏に師範学校が弘前公園内旧兵器廠に移転。このころから一戸謙三氏の詩の講義を受け、師範学校合唱サークルで活動し佐々木静と親しくなる。また会誌に作品を発表し始める。

昭和22年　（18歳）黒石コーラス会　会誌「勿忘草」に詩を寄せる。九月、交際していた佐々木静の母親が夫の実家の裏で自死する。

昭和23年　（19歳）青森師範学校を卒業、黒石町立黒石中学校教諭（国語・音楽）となる。

昭和24年　（20歳）この頃から昭和26年頃まで、東奥日報文芸欄に応募し、度々入選する。黒石　藤田勇三郎氏発行の詩誌「椹」22号～26号に作品を発表する。

昭和27年　（23歳）　3月　青森師範学校同期で合唱サークル仲間の佐々木静と結婚。4月より青森市立野脇中学校に転勤し、青森市蜆貝町（現青柳一丁目）福士宅に部屋を借り新居を構える。

昭和29年　（25歳）長男　朗（あきら）生まれる。父が黒石町元町の古家へ転居するため出資する。

昭和31年　(27歳)黒石の竹内二郎氏発行の詩誌「ぱんせ」の同人となり、作品を発表する。12月第2回県詩祭にて、「朝」(山村秀雄選第1位)、「再びおこらないように」(植木曜介選第2位)、「哀歌」(鎌田喜八選第2位)、総合で県知事賞を受賞する。紙上ではペンネーム「瀬川冬」「永瀬暖史」などを名乗る。

昭和32年　(28歳)石黒英一氏、蒔苗実氏、安岡一次氏らの詩誌「寓話」の同人として作品を発表する。

昭和33年　(29歳)二男　淳(あつし)生まれる。青森市北片岡に、妻　静の家族と同居する。

昭和36年　(32歳)同居の妻の父の退職に伴い青森市佃に転居。

昭和38年　(34歳)藤田氏らの詩誌「鰈」に作品を発表する。

昭和44年　(40歳)17年間勤務した野脇中学校から、青森市立筒井中学校に転勤する。

昭和46年　(42歳)藤田氏他7名の詩誌「いかろす」に発表。4月、青森市立浪打中学校に転勤する。

昭和47年　(43歳)7月、診察を受けた医師より胃がんで余命3ヶ月と診断される。見舞った親友の美術教師　田村進氏が写真を撮影し胸像を制作する(本書カバーに掲載)。本人には胃潰瘍と告知、青森県立中央病院で教え子の医師中村朗氏の執刀を受ける。退院後、近所の雪田医師の往診治療によりBCG療法、ワクチン療法などを試みる。

昭和48年　(44歳)7月29日。青森市青柳　斉藤内科医院にて死去。

昭和50年　8月23日『長谷川太遺稿集　風の歌』発刊(発行所　北の街社・発行者　長谷川　静)青森県立図書館　青森市民図書館　弘前市立弘前図書館　所蔵

昭和60年　詩誌「風」第21号(発行　風詩社)・「長谷川太追悼号」が発刊される。

※　本誌Ⅰ～Ⅵ章の作品は、昭和24年～昭和32年の作品です。本書中には、今日の人権擁護の見地に照らして、不当・不適切と思われる語句や表現がありますが、時代的背景の詩としての作品価値を考えてそのままとしました。

長谷川太 詩集
私は風のようであった

二〇二一年 五月三十一日 発行

著 者 長谷川 太
編著者 長谷川 淳
青森市佃三丁目十三番九号

発行所 有限会社 北方新社
弘前市富田町五十二番地
TEL ○一七二（三六）二八二一
FAX ○一七二（三二）四二五一

印 刷 有限会社 小野印刷所

ISBN 978-4-89297-281-2